トゥーサン版

ルバイヤート

オマル・ハイヤーム＝原著　フランツ・トゥーサン＝仏訳
高遠弘美＝訳

国書刊行会

目次

ルバイヤート

オマル・ハイヤーム＝原著

フランツ・トゥーサン＝仏訳

高遠弘美＝邦訳

第一歌

昔から祈つたことなど一度もない
それはみんなが知つてゐる
欠点を隠したいとも思はなかつた
それもまたみんなが知つてゐるだらう
神の正義やその慈悲があるやはわからぬ
さりながら我が信念は今も変はらず
ひたむきに生きてきたゆゑ

第二歌

何がましかはいまだわからぬ
酒場に坐つて酒をくらひ
来し方を省みさへすればいいのか
心閉ざしてひたすらにモスクで拝跪すべきなのか
神がゐるのか、ゐるとして
いざといふとき私をどうしてくれるのか
そんなことなど知りたくもない

第三歌

酒に酔ふ
人を厳しく見ないでおくれ
種類は違へど君にも短所はあるだらう
心の平安、安心立命
きみがもしそれが欲しいといふならば
思ひ描けばいいではないか
人生に打ちひしがれた人々や
不幸にあへぐ者たちを
さすれば君は身の幸ひを知るだらうに

第四歌

賢《さか》しらに知恵を絞つて隣人を
苦しめるなどもつてのほか
つねに自制を旨とせよ
怒りにまかせて動くべからず
最後の最後に平安を
得たいといふなら
嬉々として
君を襲ふ運命を
まづは引き受けること
他人《ひと》を責めるのではなくて

第五歌

明日《あした》のことなどわかるものか
今日幸福であればいいではないか
いざ酒壺を手に
まづは坐らう
そして呑むのだ
月の光を受けながら
そして自分に言ひ聞かせよう
明日になれば月の光は
おまへのゐない庭に射すと

第六歌

至高の書なるコーランを
人は時には読むだらう
さりながら
日々愉しんで読むとは思へぬ
それよりも
なみなみと酒で満たした盃の
縁《ふち》にこっそり彫られたる
叡智の言葉を
大事に味はふ義務がある

第七歌

重宝《たから》といへばただに酒のみ
酒場すなはち我らが楽殿《すまひ》
喉の渇きと酔《ゑひ》こそが
我らが佳き伴侶《とも》
　さればこそ　こころにかかる何もなし
小衣《さころも》はやぶれたりとも
土杯《かはらけ》に酒なみなみと
たたへてあれば
魂《こころ》しづかに
　さればこそ　おそるるに足る何もなし

第七歌のⅡ（右別訳）

我らが宝は何よりも酒
我らの住まふ王宮は酒肆《しゅし》
忠実なる道連れは
喉の渇きと酒の酔ひ
我らの心に不安なし
我らが魂、我らが心
我らが盃
さらに我らが襤褸《らんる》まで
塵芥《ちりあくた》、水、また燃える業火《ひ》を
恐るることなどありはせぬから

第八歌

この世にあつて友達《ともどち》は
ゐないに越したことはない
誰かに感じた友情が
消えぬやうにとあくせくするな
誰かの手を取り友情を
求めるまへに考へよ
その手が君を
いつの日か
打たぬものでもあるまいと

第九歌

かつては女の
つれない仕打ちに苦しんだ
哀れな恋人《をとこ》も
土くれと化し　今は酒壺《さかつぼ》
壺口の丸い把手《とつて》は
いとしき女の
首にまはした
男の腕《かひな》にほかならぬ

第一〇歌

恋するを知らず
恋に酔ふさへ知らぬ心の
卑しきさまは何と言はう
愛を知らぬと嘯《うそぶ》く者が
照りつける陽のはげしさと
月の光のしづけさを
欠けることなく
もろともに
味はふことなどできようか

第一一歌

我が青春の花ひらくはいま
酒だ
酒を酌まう
酒のほのほでこの身のうちが
燃え上がるまで
酒をくれ
どんな酒でも文句は言はぬ
芳醇きはまる酒だとしても
舌の先には苦さが残らう
この人生がさうではないか

第一二歌

運命をどうすることもできないことは
君も知つてゐるではないか
明日《あした》のことがわからぬからとて
なにゆゑかほどに悩むのか
君だつて愚か者ではないはずだ
今この瞬間《とき》を大事にしなくて何とする
それでも未来が気になるか
何をくれるかわからぬ未来が

第一三歌

ああ、いまこの時をなんと言はう
軽やかな期待の季節
魂が花開かうと待ちのぞみ
かをる孤独をもとめる季節
そこ此処《ここ》に咲く花ばなは
それぞれモーゼの白い手のやう
やさしい微風は
イエスの息とも思はれよう

第一四歌

真理の果実《み》を
摘んだためしのない者は
人生の旅途《みち》をよろよろ歩むのみ
知恵の樹でその果実《み》を摘んだとするならば
せめても知らう
過ぎ去りし日も
これから来る日も
あの日と変はらぬといふことを
さう、天地開闢第一日目の
益体《やくたい》もないあの一日と

第一五歌

我かつて
大地の果てのその先に
大海原《おほうなばら》のその先に
天国地獄を求めしが
あるとき耳に響きしは
荘厳《いかめし》げなる声ひとつ
——天国地獄のいづれとも
　汝のうちに在るのみぞ
　ほかにはあらず、そを知れよかし

第一六歌

いまさら何が面白からう
起きてくれ
なみなみとこの盃に酒をくれ
薔薇をなす
おまへの脣《くち》は今夜もつともうつくしい
さあ酒を
くれなゐの
おまへのほほにさも似た酒を
軽やかなおまへの巻き毛
それほどに、わたしの悔恨《くやみ》も軽ければいい

第一七歌

ありがたき春の微風よ
それあるがゆゑ、薔薇もひときは耀《かがや》きて
いましも寄せるそよ風は
園庭《には》なる蒼き木《こ》むらの蔭で
いとしきひとのほほを撫でゆく
そのときに
こころにあるはけふの愉しみ
いまのよろこび
　過ぐる日にしあはせなれど
その想ひ出は影かたちなし

第一八歌

どれほど石を投げたとしても
大海《おほうみ》が石で埋まることなどあり得ない
それなのに、いつまでそんな無駄なことを
私は続けるのだらう
無信仰家や信心家には、軽蔑だけしか感じない
ハイヤームよ、おまへが極楽に行くか地獄に行くかを
一体誰が断言できるか
極楽と言ひ地獄と言ふも、私たちに何がわからう
謎だらけのそんなところへ、行つて帰つた者がゐるのか
ただひとりでも

第一九歌

呑み助よ
酒くらふ大きな壺よ
誰がおまへを拵《こさ》へたかは知らぬ
言へるのはただおまへが桝《ます》三杯は入る酒壺と変はらぬこと
壺と同じでおまへもいつかはゐなくなるといふこと
それゆゑ私はこの先も
長く不思議に思ふだらう
どうしておまへが作られたのか
それでもおまへがどうして満足してゐられたのか
そんなおまへがはかなき土塊《つちくれ》にすぎぬのは何故《なぜ》かと

第二〇歌

日日歳月の過ぐる早さは
岩走《いはばし》る水に劣らず
沙漠ゆく疾風《はやて》に負けず
しかあれど
過ぎし日来ぬ日のあひともに
わが関心《きづかひ》のうちにはひらず
けふの日のみぞ気にかからむ

第二一歌

私にははきとわからぬ
この世に来たりし日のことは
いや、逝かねばならぬ日のことも
人ならば皆さうだらう
恋人よ、その柔肌を
我が身に寄せて
酒をくれ
酔ひしれるうち
せめても私は忘れたいのだ
濛昧無知なる人の宿命《さだめ》を

第二二歌

叡智の綱で
人々を蔽《おほ》ふ
天幕を張つたハイヤームも
「苦悩」の炎で身を焼かれ
つひには灰と化してしまつた
死の天使《アズラーイール》に天幕の綱を切られて
死神がハイヤームの栄光を
只同然で売り渡したのだ

第二三歌

ハイヤームよ
犯した幾多の過ちに
なにゆゑおまへはかほどに悩む
その悲しみなどは益《やく》もない
死んでしまへば何も残らぬ
あるはまた
残つたところで
慈悲があらうに

第二四歌

「地獄」が恐くて助けを求めるか弱き者は
僧院やユダヤ教会堂《シナゴーグ》
イスラム寺院《モスク》に駆け込むほかはない
恐怖や懇願てふ悪しき種を
心のうちに蒔《ま》かずに済むのは
アラーの偉大さを知る者のみ

第二五歌

春ともなれば
時には花咲く野原の片隅に
腰を下ろして過ごさうではないか
そのときに
麗しき若き娘が注《そそ》いでくれる一盞《いっさん》の酒でもあれば
考へることなぞほとんどない
魂の救ひのことなど
そんなときにも
救ひばかりが頭にあるなら
この身は犬にも劣るだらう

第二六歌

宏大無辺のこの世界
それとて小さな塵芥《ちりあくた》
人間の叡智のすべてもただ言葉のみ
人も獣も花々も
みな影となり消え果てよう
たゆみなく熟考に熟考を重ねても
何にもならぬ
無しか残らぬ

第二七歌

創造の謎を解いたといふならそれでもよい
だが君の未来は果たしてどうなる
真理のヴェールを剥いだといふならそれでもよい
だが果たして君の未来はどうなる
百年間幸せに暮らし
さらに百年生きるといふならそれでもよい
だが、そのあと君は果たしてどうなる

第二八歌

これだけは肝に銘じよ
いつの日か君の魂は肉体から抜け落ちて
君自身、宇宙と不可知の世界のあひだを漂ふ
ヴェールに隠れてしまふだらう
せめても今は幸福を求めるがよい
君にはわからぬ、どこから来たかといふことは
またいづこへ行くかといふことも

第二九歌

比類なき誉れに輝く学者も賢者も
歩んできたのは無知の暗闇
それでも時代を導く松明《しょうめい》だつた
さりとて彼らは何をしたのか
模糊たる言葉を呟いて
永遠《とは》の眠りについてしまつた以外に

第三〇歌

私の心が私に言ふ
——我は知りたし、その思ひ、ただ募るのみ
　ハイヤームよ、我に教へよ、かくも勉励せし君なれば
私はアルファベットの最初の一字を口にする
それはいつしか終はるものゆゑ
私の心はそれで気がつきかう言ふのだ
——今や我は知りたり
　一なるは数字の始まり
終はりを知らぬ数字の始まり

第三一歌

誰も神秘を理解せず
誰も事物の奥を見通せぬ
どこに住まうと仮寓に過ぎぬ
終《つひ》の棲家は土の中
酒を酌まうではないか
無益《むやく》な議論はやめにして

第三二歌

人生なんてつまらぬ賭けだよ
勝つたとしても受けとるものは二つきり
苦しみと死しか貰へぬ
それでいいのか
生まれ出てすぐに死んでも幸運なんだが
そもそもが生まれて来なけりや勿怪《もつけ》の幸ひ

第三三歌

君がいまうろついてゐるのは
祭りのやうな場と思へ
そんなところで友達なんぞ探すもんぢやない
安全な避難場所など無いも同然
心を鞏固に保たねば
苦悩に耐へることさへかなふまい
苦悩を癒やす薬なんぞあるはずもない
不幸であつても自分で微笑《ほほゑ》め
他人の笑顔をあてにするな
それこそ時間の無駄だから

第三四歌

運命《さだめ》の行く手は誰にもわからぬ
学問にどれほど精励したとても
明日のことすらわからない
星を数へようてふ努力のどこに甲斐があるのか
そんなことより確かなことを考へよ
おまへは必ず死を迎へ、夢すら見なくなることを
墓の蛆虫、野犬の群れが
おまへの死骸を貪り食らふといふことを

第三五歌

眠くてたまらぬ時があつた
「叡智」がわたしにかう告げた
——幸福の薔薇が眠りを薫らせることなし
眠りなど死の朋輩《ともがら》にほかならぬ
酒を飲め
どうせ眠りにつくのだ
永遠に

第三六歌

森羅万象、星までも造りし主は
辣腕をふるつて
わざわざ
苦悩を拵《こさ》へたのだ
わたしは訊きたい
――ルビーの輝き放ちし脣《くちびる》よ
　薫り高きをんなの髪よ
　地中にあつても
汝《な》が美しさは変はらぬのかと

第三七歌

神の姿は我が目に見えぬ
涙あふるる我がこの目には
身を焼き尽す焔《ほのほ》に比べてみるならば
地獄の業火はつまらぬ火花とさして変はらぬ
天国など、我からすれば
ただ一時《いっとき》の平穏に過ぎぬ

第三八歌

地上の眠り
地中の眠り
地上、地中のいづれでも
身を横たへることに変はりなく
無が拡がるばかりなり
虚無の沙漠と言ふほかなし
新しく人間どもが来るたびに
他の者どもは去つてゆく

第三九歌

今は昔の古き世界よ
昼の白、夜の黒とをあはせ持つ馬が
急いで駆け抜けるとき
おまへはあはれな宮殿と化す
おまへの中で夜を過ごせし者たちは
ジャムシード王*の如く
栄光を夢みる者であれ
バハラーム王*と同じく
恋にうつつを抜かす者であっても、朝ともなれば
滂沱《ぼうだ》の涙を流しつつ目覚めたに相違ないのだ

* 神話的人物。ゾロアスター教のイマ。
* バハラーム一世は三世紀のサーサーン朝の第四代君主。叙事詩詩人フェルドウスィー『シャー・ナーメ（王書）』にも登場する。

第四〇歌

小夜啼鳥が讃へた薔薇も
南の風で萎れてしまふ
だが薔薇と我らのどちらが哀れか
死が来たれば我らの頬は見る影もない
しかあれど薔薇なら別の薔薇がまた咲く

第四一歌

忘れることだ
昨日報はれていいはずなのに
報はれなかつたことなどは
幸せを感じてゐるならよしとせよ
悔やむことなど何もない
何かを期待するのは無駄なこと
おまへの身に起こることなら初めから
運命《さだめ》の書に記されてゐる
偶《たま》さかに永劫の風が吹きつけて
はらりと披《ひら》いた頁のなかに

第四二歌

選ばれし者がゐるとて
その者たちしか得られない喜びにつき
かしましく語る人あり
私の言ひたいのはそれとは違ふ
——信じてよいのはただに酒のみ
有り難いのは現物だけで
約束なんか要るものか
喧《やかま》しい御託などごめんだが
遠くからなら聞いてやる

第四三歌

酒を飲め
さすれば
永遠の生も手に入るだらう
おまへを再び若くする
媚薬と言へば酒しかないのだ
薔薇が咲き
酌み交はす酒と誠実な友さへあれば
最上の季節《とき》と呼ぶべし
移ろひやすいその瞬間を味はひたまへ
生きるとはまさにそのこと

第四四歌

酒を飲めと君に言ふ
地中で永《なが》の眠りにつく君の
傍《そば》には女も友達《ともどち》もない
ついでにもひとつ教へてやらう
――枯れた鬱金香《チューリップ》は二度と咲かない

第四五歌

自分を捏ねくりまはす陶工《すゑつくり》に
粘土が言つた
聞こえぬほどに
小さな声で
——忘れるな
　俺もおまへと同じに生きてゐたのだ
乱暴に扱ふのはよせ

第四六歌

陶工《すゑつくり》よ
君が察しがよければわかるはずだが
アダムがそれで造られた
粘土を粗末にしてはならぬ
私には見えるのだ
君の轆轤《ろくろ》でまはされる土は
フェリドゥーン*の手や
ホスロー*の心臓だといふことが
しかるに君の扱ひ方はひどすぎるではないか

＊ イラン神話に登場する英雄。ゾロアスター教のスラエータオナ。
＊ ペルシアのサーサーン朝最後の大王とされるホスロー二世。

第四七歌

雛罌粟《ひなげし》はなんであんなに紅いのか？
亡き皇帝の血を吸ひ上げるからだよ
それなら菫《すみれ》はどうしてあんな紫なのかな？
うら若き青年の
顔を星の如くに煌《きら》めかせた
美の粒から来てゐるからさ
美の粒？
さう、ほくろとも言ふがね

第四七歌のⅡ（右別訳）

雛罌粟《ひなげし》は死せる皇帝の血を吸つて
あれだけ紅くなるといふ
菫の花は若き男の
顔の輝きを増す
美の粒、すなはちほくろから生まれた花とか

第四八歌

有史以前の昔から
夜明けと黄昏は繰り返す
数へられぬほど星霜を経て
星々はなほも旅する
細心の注意をもつて足を進めよ
いましも君が踏み潰さうとした土塊《つちくれ》は
粋な優男《やさをとこ》の
窶《やつ》れた目のなれの果てかも

第四九歌

川べりで微風に揺れる水仙も
茎を辿れば腐爛したをんなの脣《くち》から生えてゐるに違ひない
草地をゆく時は細心の注意を払つて歩みを進め
みづからに言ひ聞かすのだ
――紅《くれなゐ》の鬱金香《チューリップ》にさも似た艶やかな顔も
いまは灰でしかなく
その灰から芽を出したのがくだんの水仙なのだと

第五〇歌

昨日わたしが見た陶工《すゑつくり》は
轆轤《ろくろ》をまへに座りつつ
粘土で壺の耳やら胴を捏ねてゐた
男が捏ねてゐたのは
スルタンたちの頭蓋骨《されかうべ》
物乞ひどもの手だつたはずの土ではないか

第五一歌

この世では
善と悪とが競ひ合ふ、どちらが上かと
されど運命《さだめ》が我らに齎《もたら》す幸福や、不幸にさへも
天はまつたくかかはりがない
天に感謝する必要もなく
天に文句を言ふ筋合ひもない
天には君のことなどどうでもいいのだ
君の喜びがどれほど大きくても
君のかかへる苦悩が如何なるものでも

第五二歌

もし君が
恋の薔薇を心に根づかせることができたとしたなら
君の人生は無駄ではなかつた
さう、もし君がアラーの声を聴かうとしたなら
あるはまた
人生の喜びに微笑《ほほゑ》みながら
盃をかざして酒を飲んでゐたなら

第五三歌

旅行く人よ
気をつけるべし
君が歩みを進める道は危険ばかりぞ
運命の剣《つるぎ》の刃先はげにも鋭し
甘扁桃《アーモンド》を目にしても
ゆめ口にすな
毒の実なれば

第五四歌

園生《そのふ》にあつて
たをやかな女のかたはらで
一壺《いっこ》の酒を傾ける
そこにあるのは我が望みと我が苦しみ
すなはち我が天国にして我が地獄
かつてこれ以外に天国地獄を巡る手段があつたか

第五五歌

いとしきひとよ
野ばらでも
その頬見ればうなだれよう
顔はまた、支那の人形さながらに愛らしい
ああ、やはらかな光射す
おまへの眼差し
バビロンの王だとしても
その眼をみれば、たちまちに
チェス盤上でクイーンと対したときのビショップ同様
屈するしかない

第五六歌

生あるものは流れ去るのみ
バグダッドやバルフ*の都は何を残して消えたのか
咲き過ぎた薔薇はほんの少しの衝撃で散る
酒を飲め
かくして眺めよ、照る月を
思ひ出せ、今は無き二つの都の栄華のさまを
振り返れ、月が見てゐた二つの都の滅びる時を

* バルフは現在のアフガニスタンにあつた都。

第五七歌

叡智の神が
日がなひねもす繰り返す言葉に耳を傾けよ
「いのちの時は短しや
切られたのちにまた生《は》ゆる草木と汝《なれ》に
似たところなし」

第五八歌

雄弁家であれ
口数少なき学者であれ
死ぬまでに
この世に在ること非在《な》きことの秘密を悟つたためしなし
物知らぬ者、我が朋輩《とも》たる人たちよ
これからも葡萄の酒を味はひ尽さう
干し葡萄で満ち足りるお偉い学者や雄弁家など放つておいて

第五九歌

おれが生まれたからと言つて
微塵もこの世の得にはならなかつた
おれが死んだからとて
この世の宏大さや耀《かがよ》へる光が減じることなどあるはずもない
どうしておれがこの世に来たか
なにゆゑおれは去らねばならぬのか
教へてくれた者は誰もゐない
さう、ただのひとりも

第六〇歌

折あらば愛の神が導く道を行くこともあらう
そんな時でも運命は力をふるつて我らを踏みつけようとするだらう
うら若き乙女よ、陶然とさせる酒杯のごとき乙女子よ
起きてくれ、おまへの脣《くち》をくれないか
せめても私が塵と化すまで

第六一歌

幸福とは名ばかりのもの
いかなるものか我らは知らぬ
新たに酌んだ酒こそが
もつとも古い友達だらう
葡萄の血もて満たした壺を
とつくり眺めて撫でるがよい
裏切られなどしないから

第六二歌

君主バハラームの宮殿は
いまやガゼルの棲家と化した
歌姫が妙なる曲を響かせた園庭《には》なかを
往き来するのはライオンの群れ
かつて野驢馬《オナガー》の狩りを好んだバハラームよ
汝《なれ》知るや
みづからが永遠《とは》の眠りにつく塚の上で
今このときに悠然と草を食《は》むのは驢馬《ろば》なるを

第六三歌

幸福にならうとするのは無駄なこと
人の命は溜息のまに消え果てる
栄華をきはめたジャムシード
カイ・コバッド*てふ王たちも
いまはあくたか、形《かた》もなく
君の立つ辺《へ》の紅塵に
つつまれ飛んで
風に舞ふ
世界はまぼろし
うつし世は夢

* カイ・コバッドも神話的王の一人。

第六四歌

此処《ここ》に来たりて飲むがよい
さすればマフムード*も知らざりし喜びを
味はふこともできるだらう
恋人たちの奏でるリュートの調べに耳傾けよ
それぞ真正《まこと》のダヴィデの詩篇*にほかならぬから
過去も未来も考へるな
今このとき以外に思ひを馳せるのはよせ
さこそ平安に至る秘法なるがゆゑに

* しばしばムハンマドの別称として用ゐられる。
* 旧約「詩篇」にはダヴィデ王作もあるとされる。

第六五歌

頑迷不遜のやつばらは魂と肉体に
厳然たる壁があるがに宣《のたま》ふなれど
我が奉ずる真理は一つきりなし
——すなはち、酒こそ憂ひを払ひ
欠くところなき平安を齎《もたら》すものてふ

第六六歌

不思議なるかな
天空を翔ぶやうにゆくあの星々よ
ハイヤームよ
叡智の神に繋がる綱をけつして放すでないぞ
目が眩《くら》み墜ちてゆく
おまへのまはりの
友達《ともどち》の二の舞を演じぬやうに

第六七歌

おれは死なんぞ怖くない
どうせ押しつけられるものならば
生まれたときに無理矢理与へられるものよりずつといい
生とは何ぞや
欲しくもないのに与へられ
何食はぬ顔して返すべき
お宝とでも言つておかうか

第六八歌

人の世の過ぐる早さは
駈足でゆく隊商《キャラヴァン》のやう
馬をとめよ
いまの幸福をこそ探すのだ
若いおまへがなぜに悲しむ
そのひまに
この盃を満たすがよい
夜ももうすぐ降りるだらう

第六九歌

酒を友とし愉しむ者は
地獄へゆくと人は言ふ
酒好きで
恋にうつつを抜かせば地獄と
だがそれが
本当だとは思はれない
もしさうならば
天国といひ楽園といふは名ばかり
よほどさびれたところに
相違なからう

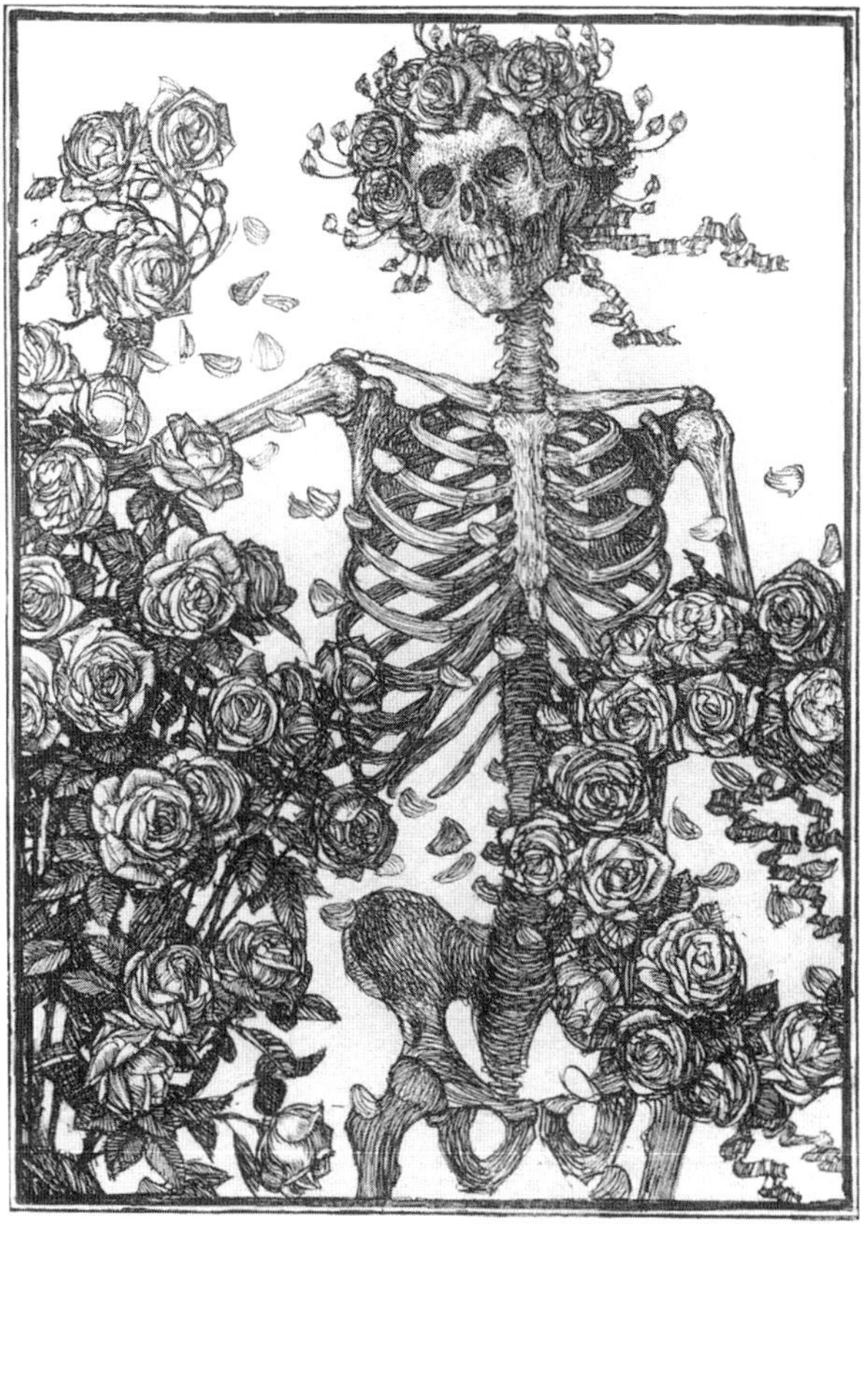

第七〇歌

我すでに老いたり
お前への恋心は墓場への道しるべ
お前を思へばこそ
この大盃《たいはい》に満たした棗椰子《なつめやし》の酒を飲み続けるゆゑ
お前への恋情は我が理性を打ち崩す
それなのに
「時」は無情にも美しき薔薇の花を散らすばかり
かつては我が手のうちにありし薔薇の花を

第七一歌

新たな幸福を予感させせる顔容《かんばせ》よ
そなたにならら心とらはれるかもしれぬ
恋の思ひを搔きたてるその声ならば
まじなひの言葉も違つて響くやもしれぬ
我が見るのはかつてみづから撰びしもの
我が聴くはかつて耳に優しかりし言葉
「アラーのお許しがありますやうに」と人は言ふ
だが、頼んでもゐない許しなど誰がいるものか

第七二歌

木蔭にやすらひ
ひと切れの麵麭《パン》と一杯の冷たき水
加へて私を見つめる君の目があればいい
かかる時、私以上に幸福な教王《スルタン》がゐるだらうか
とはいへ乞食とて私ほどみすぼらしくはあるまいが

第七三歌

恋のはじめに
優しい言葉甘き言葉が降りそそぐのはなにゆゑぞ
次いで愛撫と逸楽が
波のごとくに打ち寄せるわけも知りたし
それが今では
私の心を引き裂くことが
おまへのただひとつの楽しみとは
そこに一体何があつたと言ふのか
教へてくれてもいいではないか

第七四歌

欠くることなき我が魂と君が魂
それが我らの肉体を離れる時は
我らの頭蓋の下に煉瓦が置かれる
そしていつか
煉瓦造りの職人が君の灰と私の灰を
まぜあはせ
捏ねくりまはすことにもなるのだ

第七五歌

まづ酒を
酒こそ病んだ我が心には
覿面に効く薬だらう
さあ、酒をもて
麝香《じやかう》の匂ふ酒がいい
酒をくれ、薔薇の色した葡萄の酒を
胸を焼く、この悲しみの焔を消すには酒のほかない
恋人よ
この盃を満たしておくれ
絹の弦《つる》張る、おまへのリュートを弾いてくれ

第七六歌

創造主のことを語らう
主が生命《いのち》ある存在《われら》を造りし目的は
ただあとになつて毀《こは》すだけのためと言ふのか
我らが醜いから毀すと言ふのか
醜くしたのは誰なのか
美しいから毀すのか
俺にはもう何も判らぬ

第七七歌

謎を解く知識に至る道あらば
辿つてみたいと思はぬ者はゐないはず
いま探してゐる者もゐれば
すでに見つけたと言ふ者もあり
だがいつの日かこんな叫びが聞こえるだらう
「そんな道などもともとないのだ、辿るべき嶮《けは》しき道さへ」

第七八歌

春に花咲く鬱金香《チューリップ》にも似た酒を酒杯に満たし
紅く燃ゆる暁《あかとき》に捧げよ
同じく注《そそ》げ
若者の脣《くちびる》に似た酒を
かの若者の微笑《ほほゑ》みを讃へるために
しかうしてその酒を飲め
そして忘れるがよい
塗炭の苦しみが遠からず拳を固めて
襲ひかかつてくることを

第七九歌

酒だ、酒くれ、酒をくれ
浴びるがに酒を呑まう
酒が血管の中で翔んで撥《は》ねればいい
頭の中で跳びはねるといい
盃をもて
もうしやべるのはよせ
言葉など嘘いつはりしかないではないか
盃だ
早く出せ
おれにしたつてもう若くはないのだ

第八〇歌

我が墓より発する強い酒の薫りで
通りすがりの者たちが酔つてしまへばいい
我が墓のあまりに静寂なるがゆゑに
恋人たちも歩みをとどめ
いつまでも立ち去らなければいい

第八一歌

人の世など目くるめく渦に変はらぬ
みづからを賢者と信じ
更なる真理の追究を放擲《はうてき》すれば幸せなのか
宇宙の神秘のすべてが我が探究の対象なるに
途上で出遭ひし理知の光も見えざる者らが
羨ましくもなる
またしても我のまはりに語らふ人の姿すらなし

第八二歌

——酒飲むをやめよ
さう言ふ友に私は答ふ
この身のうちに酒がなくては
薔薇や素香《ジャスミン》、鬱金香《チューリップ》の言葉も判らぬ
酒ありてこそ
我が恋人が絶えて語らぬことさへ
耳に沁み入る

第八三歌

友びとよ
頭《かうべ》を垂れて何をか思ふ
父祖先代のことならば
考へるだに無駄なこと
浮埃《ほこり》にまみれて繊塵《ほこり》と化した
勲《いさを》し誉れはさらにも言はず
我が口許の笑みを見よ
酒を飲み干せ
飲みながら
宇宙の深い沈黙に耳と心を傾けよ

第八四歌

曙光差しそめ
天空の盃を薔薇の花びらで満たす
清澄たる大気から
最後の小夜啼鳥の鳴き声が聞こえる
いつそう軽やかな葡萄の酒が匂ひ立つ頃ほひなのに
心なき者たちは栄誉だの名誉だのを夢見るばかり
されど我が愛しきひとよ
君の髪は絹さながらに艶やかにして
優しきこと限りなし
これぞ我が望みにほかならず

第八五歌

友よ
明日の計画など立てるのはよせ
けふ書き始めた文章を明日書き終へられるか
わからぬではないか
明日の我らは
この隊商宿からずつと遠い処にゐるだらう
七千年も前に姿を消した者たちがさうだつたやうに

第八六歌

心蕩《とろ》かす剣士*のごとき若者よ
酒壺と盃を携へ
小川の畔に行つて座らう
しなやかな体と曇りなき顔をした君を見つめて
いつの日か君が化すべき酒壺と盃に
思ひを馳せよう

* ここに「剣士」と訳した「レーティアーリウス」は、三つ叉槍と網で闘つた古代ローマの網闘士のこと。

第八七歌

我が青春が
なべて死せる世界に引き込まれてこの方
消え去つた歳月《としつき》は数へきれない
我が人生の春は今はなき幾多の春の傍らに居場所を定めた
かつてははち切れんばかりだつた若さよ
おまへも俺の知らぬ間に行つてしまつた
まるで春の魅力が日一日と消えゆくがごと
去つて行つたのだ

第八八歌

我が兄弟《はらから》よ
五官を開いて味はひつくせ
世にあるすべての薫りや色や楽の音《ね》を
あらゆる女を慈しめ
かかるとき、何度でもいい、口にのぼせるのだ
人の世は短いが
遠からず地上に戻つてくるだらうと
もしかするとザムザムの水*の一滴として
あるいは滾々《こんこん》と湧く天上の泉から滴る雫《しづく》として

* 聖都メッカにある水場。聖なる泉とされる。

第八九歌

この世に在つて平安を冀《こひねが》ふなど狂気の沙汰
永久《とは》の休息を信ずるのも狂気の沙汰
死後の眠りなど長く続かぬ
叢《くさむら》に生まれ変はつて踏まれたり
花に変じて太陽の熱で枯れたりするのが
関の山

第九〇歌

何を措いても私のものとは何であらう
はたまた、死んでからのち
私に一体何が残らう
私たちの生きの日の、短いことは火事にも似てゐる
ほのほを見ても
通りすぎれば知らぬこと
のこつたものが灰だとしても
風が来たれば形《かた》もない
　人ひとり生きた事実も
それにかはらぬ

第九一歌

信念と疑念
誤謬と真実
それらは畢竟しゃぼん玉と同じで
実体など無きにひとしい
虹色に輝かうが汚い色を映さうが
しゃぼん玉などおまへの人生の写し絵に過ぎぬ

第九二歌

権勢揮《ふる》ひしカイ・カーウース*
名声轟くカイ・コバッド
繁栄の都ホラーサーン*
それよりもひと壺の酒がおれには有り難い
幸福に呻く恋人なら評価もしよう
さりながら、祈りを呟く偽善者なんぞ見たくもない

* ズィヤール朝七代君主。文筆でも知られる。次の「カイ・コバッド」は第六三歌の註を参照。
* かつてのペルシアの盛都。文藝の中心地でもあつた。

EDMUND·J·SULLIVAN· 1912

第九三歌

大いなる秘密を明かさう
最初の曙光が世界を照らし出したとき
アダムはすでに苦しみを抱へた人間に過ぎず
夜を求め
死を願つてゐたといふことを

第九四歌

ラマダーン*の月
今まさに空に出づ
夜が明ければ
陽光は静かな町に燦々と降りそそぐだらう
酒は壺で休らひ
娘たちは木叢《こむら》の蔭で眠る月が始まる

* イスラム暦で九番目の月。夜明けから日没まで断食する。

第九五歌

生きることなど願はなかつた
ただ人生が齎《もたら》すものを
平然かつ冷静に受け止めようとしてゐるだけだ
この世から去るときも
地上での奇妙な時間について
誰かを問ひ詰めたりはしないだらう

第九六歌

人生が齎《もたら》す果実はいかな時でも摘み続けるべし
宴には欠かさず駆けつけ
一番大きな盃を取れ
我らの美徳悪徳をアラーが秤にかけるなどと思ふな
君をいま幸せにしてくれるものから
くれぐれも眼と手を放さぬやうにせよ

第九七歌

夜だ
物音ひとつしない夜
枝はそよとも動かず、私の思ひも止まつたまま
おまへの儚《はかな》い輝きを留める薔薇の花弁がひらひら落ちる
かつて私に盃を渡したおまへはいまどこにゐるのか
かうしてなほも呼んでゐるといふのに
きつとおまへがこの瞬間に悦びを与へてゐる男の傍では
薔薇も散らないのだらう
その代はり、私ならおまへを酔はせることのできる苦い幸福も
そこには欠けてゐるに違ひない

第九八歌

この私は四大元素だの五感だのに
ほとんど興味が無いことは知つてほしい
ギリシアの哲学者なら
聴衆に百もの謎を挙げることだつてできたといふのか
そんなことに私はまつたく関心がないのだ
それよりも酒をくれ
そしてリュートを弾いてくれ
曲の転調は我らと同じく過ぎてゆく
そよ風の動きを思はせるから

第九九歌

死の影が私に忍び寄り
我が生きの日を束ねて終はりにするときは
親しき友たる君らを呼ぶから
私の最期を見届けてくれ
私が灰になつたら
それを土とよく捏ねて酒壺を作り
酒を入れてはくれまいか
さすれば我らは再び相まみえることができるだらう

第一〇〇歌

奸計や嘘で固めた位階服*なんぞ
手に入れようとも思はない
俺がつねに求めて来たのは佳い酒のみ
齢《よはひ》七十
髪も白くなつた
けふならばまだ
悦びを得る機会もあらう
だが明日にはもはやその力さへ消え果てよう

＊ 身分を示す服。

第一〇一歌

我が友達《ともどち》はどうなつたのか
「死」に倒されて踏みにじられたか
我が友達はどうなつたのか
酒場に行けば彼らの歌が今も聞える
彼らは死んだのか
それとも
長寿を手にしたことに酔ひしれてでもゐるのか

第一〇二歌

私がゐなくなれば
薔薇も糸杉も
紅き脣《くちびる》も薫り高い酒も
消えてなくなる
黎明も黄昏も
喜びも苦しみも
ともに失せ
宇宙そのものが存在しなくなつてしまふ
宇宙にしても人間の思考の産物ゆゑ当然なのだが

第一〇三歌

我らはアラーが動かす謎めいたチェスの歩《ふ》に過ぎぬ
アラーは歩たる我らをずらしてはとどめ
前に進めたかと思ふと
やがては
一つづつ
虚無の函に投げ入れる
真理と言へるはただにこれのみ

第一〇四歌

天の蒼穹《さうきゆう》をたとへれば伏せた碗とも言ふべし
賢者どもが碗のなかを空しくさまよふ
恋人への君の思ひは
酒壺が盃に寄せる思ひと似てもゐようか
見てごらん
脣《くち》と脣をあはせて紅き血のやりとりをしてゐるから

第一〇五歌

学者が君に教へることなど何もない
なれど女の長い睫毛が優しく触れれば
幸福の何たるかがわかるだらう
忘れるな
君の時間は限られてゐることを
やがては土に帰る定めといふことを
酒を購《あがな》ひ
どこへ行くにも携へて
自由に心慰めるといい

第一〇六歌

熱きものは酒より来たる
過ぎし日の冷たい雪も
これから降りかかる霧雨も
酒あらば気にならず
酒は君に注ぐ光と化して
囚はれの身の鎖を外してくれるだらう

第一〇七歌

今は昔のことなれど
モスクに通ひしことありき
祈禱ひとつしたことなけれど
豊かなる希望に満たされて帰宅の途につきたり
今でもモスクに行つて座ることあり
暗闇が我を佳き眠りに誘ふがためなり

第一〇八歌

雑然たるこの世にあつて
イスラム教徒でも異教徒でもなく
金持ちでも貧乏でもなく
ゆつくり歩を進めるものがゐる
アラーを讃へるわけでも
律法を尊ぶわけでもない
真理を信ずることもなければ
何かを肯《うべな》ふこともしない
この雑然たる世にあつて
勇敢にして悲愴な面持ちのこの男は一体誰なのか

第一〇九歌

薔薇の花にもたとふべき
顔容《かんばせ》に触れられるべく君がせねばならぬのは
いつしか君の体に刺さつたあまたの棘を抜くこと
木で出来たこの櫛を見るがいい
切り出されたときはさぞかし痛かつたらうが
結局は若者の薫り高い髪の森に入ることができたのだ

第一一〇歌

朝の微風が薔薇の花を綻ばせ
菫《すみれ》はすでに花開いたと囁くとき
生きるにふさはしいのは
しなやかな若き娘が眠る姿を見ながら
娘の酒杯を手にして中身を空にし
酒杯を投げ出す男だけではあるまいか

第一一一歌

明日君の身に起こることが気懸かりなのか
心を平隠に保ちたまへ
さもなくば
不運な出来事すら君の心配が当たつたことになるではないか
何事にも執着するな
書物や他人にあれこれ訊くのはよすがいい
我らの運命《さだめ》は底知れぬのだから

第一一二歌

おお、主よ、主に冀《こひねが》ふ
我が問ひかけに応へてはくれますまいか
あなたは我らに目を与へ
愛する人の美しさに目を奪はれるのを許された
幸福になる能力を与へながら
我らが地上の富を最後まで味はふことは望まれない
さりながら
注《つ》がれた酒をこぼさずに途中で酒杯を伏せることなど
出来るはずがないでせうに

第一一三歌

——教へたまへ、知らばそのまま
逝ける人の
今はいづこに
酒場で私は年老いた賢者に訊いた
翁《おきな》の私に答へらく
——戻つては来ぬ
そんなことしか判らぬうへは
御身のまへの酒を飲め

第一一四歌

目を開けて見よ、耳傾けて聴け
微風に薔薇は揺れ
小夜啼鳥は熱を込めて薔薇を讃へる歌を歌ふ
雲も動きを止めた
酒を飲まう
忘れよう
微風が薔薇の花びらを散らし
小夜啼鳥の歌を伝へ
我らにかくも貴重な物陰を作る雲を運ぶことも
みなすべて忘れて酒を酌まうではないか

第一一五歌

我らがさまよふ地上を覆ふ天空は
譬へて言ふなら太陽を光源とする
幻燈*のごときもの
世界は我らの影が過ぎてゆく映写幕*にほかならぬ

* ここには十七世紀の発明品が二つ書かれてゐるが、そのまま訳す。

第一一六歌

かつてある薔薇の言ふことに
わたしは宇宙の驚異そのもの
ほんに調香師さへわたしを傷つけることなど
できやしないわ
小夜啼鳥がそれを聞いて歌つたとさ
幸福な一日が過ぎれば
涙に暮れる一年が待つてゐるのさ

第一一七歌

今夜
あるいは明日かもしれぬが
おまへはこの世からゐなくなる
今こそ薔薇の色した酒を頼め
いくらおまへが唐変木でも
まさか自分が宝か何かで
盗賊どもが計略をめぐらせて
おまへの墓を暴き
屍《しかばね》を持ち出すなどと考へてはゐまいな

第一一八歌

スルタンに申す
貴方の輝かしき運命はホスロー*の名が
燦然と燦《きら》めく星座に予め書かれてゐた
宇宙開闢以来、黄金《きん》の蹄《ひづめ》の貴方の馬は星々の間を
縦横に走り回つてゐた
貴方が通り過ぎるとき
火花が旋風のやうに吹き過ぎるので
貴方の姿は我らには見えぬままなのだ

* 第四六歌の註を参照。

第一一九歌

恋すれば
身は焼かれよう
さもなくば恋とは言はぬ
消えかけた燠《おき》がどれほど熱くとも
燃えさかる焔にかなふはずもない
夜昼《よるひる》問はず、死ぬるまで
恋の悩みと喜びに
身をば焦がせよ
恋人と
それでこそ呼ぶ

第一二〇歌

我らを囲む夜を探ることはできよう
夜の中に飛び込んでゆくことも可能だらう
ただ夜の外へ出て来ることなど考へぬことだ
アダムとイヴよ
最初に脣《くちびる》を重ねたときはかほどに恐ろしかつたのか
そのせゐで
生まれつき君たちの血を引く我らは絶望してゐるのだから

第一二一歌

夜ともなれば
空から黄金《こがね》の花びらが
舞ひ降りてくる
この庭が
その花びらで蔽はれてないのは不思議だが
そのやうに、空が地上に花々を撒くに倣《なら》って
いまの私は
手にした黒い盃に
薔薇色をした酒を注《そそ》がう
惜しむことなく

第一二二歌

俺の酒の飲みつぷりは
清らかな波立てる急流の
水を嗜《たしな》む柳と似てはゐないか
アラーなるはアラーひとり
アラーのみすべてを知つてゐるのではないのか
アラーが俺を造りしとき
俺が呑み助になることは知つてゐたはず
もし俺が飲まなくなつたら
アラーの見通しに穴があつたといふこと

第一二三歌

君にもし悩みがあれば
酒に頼んで消すがいい
眼のまへに
あまたの学説あらはれて
思ひまどへば、すぐ酒に訊け
酒は魔術師
君をして
忘却《わすれ》の国に入らしむるだらう
それのできるはただに酒のみ
ほかにはあらず

第一二四歌

鬱金香《チューリップ》でも菫《すみれ》でも
風信子《ヒヤシンス》でも
朝露こそは悩みの種よ、毎朝の
だが太陽が照り、きらきら光る厄介な重荷から解き放つ
私の心も、目覚めのたびに悩みは深い
花々のごと
そのときに、日輪《にちりん》さながら
私を見つめる君の眼あれば
この悲しみなどは溶けて消えよう

第一二五歌

星や花のこの上なき孤独を我が物としたいといふなら
男たちや女たちすべてと縁を切れ
誰かの後を追ふな
苦しみに向き合ふな
宴の名がついたものと一切かかはるな

第一二六歌

葡萄酒の色は薔薇色
薔薇の血にして
葡萄の血ならず
その酒を注ぐ器はクリスタルといふよりは
蒼穹《さうきゆう》を固めしものか
さればこそ
夜はそのまま夜ではなくて
瞼《まぶた》を閉ぢた昼なのだらう

第一二七歌

酒が賢者に与へる酔ひは選ばれし者の酔ひなれど
酒が我らに返すは青春の日々、なべて失ひしもの
のみならず
酒は我らの望みを叶へ、我らの体を燃ゆるほどに熱くする
我らのかかへる悲しみを
爽やかな水に変へるも酒のほかなし

第一二八歌

コーランを閉ぢよ
自由に考へ
自由に天地を眺めればよい
貧しき者には通りすがりに持てるものの半分を与へ
罪人《つみびと》にはすべて許しを
誰も悲しませるな
笑ひたかつたらこつそり笑へ

第一二九歌

人間は如何に弱く
運命は避けがたきものなのか
誓ひを立ててもそれを守らず
恥を恥とも思はない
この私にしてもしばしば狂人のごとくふるまふ
そんなときの言ひ訳はかう
　恋に酔ひしれてゐるだけなのさ

第一三〇歌

現し世はうつつのものにあらなくに
なにゆゑ友よ、かほどに悩む
またつねに
惨めな境涯を思ふ
君が思慮《おもひ》を
時の経つまま、赴くままに
任せてしまふほかはない
元始《はじめ》から
君が運命《さだめ》は書かれてゐるのだ
如何にしたとて消せはせぬ

第一三一歌

この薔薇のまはりに漂ふ靄《もや》は何ぞ
薫りが渦を巻いてゐるのか
朝霧が花に残した脆《もろ》い楯か
おまへの顔にかかる髪は夜の一部で
おまへの眼差しが追ひ払ふのか
愛しきひとよ、目覚めのときだ
太陽の光で我らの盃が燦《きら》めいてゐる
さあ、飲まうではないか

第一三二歌

もういい加減、心定めて
天を仰ぐのはよせ
美しく若き乙女の輪のなかで
気の向くままに愛するがいい
躊躇《ためら》ふことなどあるまいに
それでもアラーに祈りたいのか
君以前にもあまたの者が熱心に
祈りの言葉を口にした、彼らはもうこの世にゐない
アラーが彼らの祈りを聞いたかどうか
君にわかるとでも言ふのか

第一三三歌

夜《よ》の明けよ
穢れなき至福の瞬間《とき》よ
どの盃を返しても
おほきな紅玉《ルビー》が燦《きら》めきわたる
さあ、その白檀《びゃくだん》の二本の枝を採つてくれ
一つでリュートを作つて鳴らし
残りは燃やしてその香《か》を撒かう
胸一杯に吸ふために

第一三四歌

数知れぬ師に尋ね
万巻の書を繙《ひもと》いても空しいばかり
酒壺なら知つてもゐようかと
脣《くち》を壺の口に押し当て、小声で訊いた
——我が命数の尽くるはいつぞ？
　そののち我はいづこにかゆく？
壺の我に答へらく
——わたしの口からお呑みなさい
　永く久しく呑むのです
　ここには二度と帰つて来ませんから

第一三五歌

ハイヤームよ、酔つてゐるならすでによし
薔薇色の頬の乙女を
見つめてゐるならそれもよし
かてて加へて
おまへ自身の存在が
消えてなくなる夢を見たなら
それですべてをよしとせよ
死なるもの
そはどこまでも虚無なるがゆゑ

第一三六歌

陶工《すゑつくり》の仕事場を横切つた
他に人の姿なけれど
酒壺がさう、二千はあつて
小声で呟いてゐた
突然叫んだ壺があつた
　し！　静かに
通りすがりのこの方に知つて頂かうではないか
我らもかつて陶工や客であつたといふことを

第一三七歌

酒だけが唯一無二の慰めだと言ふのかい？
それなら世界中の酒を残らずもつて来なけりや
おれの心はそれほど傷ついてゐるのだから
世界中の酒だよ
それでおれの心の傷が癒やされるなんてことはないがね

第一三八歌

酒のたましひほど軽やかなるものなし
陶工《すゑつくり》よ、そのたましひを軽くするため
酒壺の内の面まですべらかにしておくれでないか
盃に彫刻を施す匠《たくみ》よ
心を込めて丸みをつけてほしいのだ
官能に目覚めた盃のたましひが
優しく天空の丸みと調和するやうに

第一三九歌

自分では物識《ものし》りと信じてゐても
実際何も知らぬ人よ
君は無限の過去と無限の未来の間で
窒息する寸前のやうに見える
二つの無限の境目を見つけて
そこに安住しようといふことらしいが
それならいつそ樹下に座つて憩《いこ》ふが一番
酒壺片手に呑むならば
自分の無力も忘れるだらうに

第一四〇歌

また新しい夜が明けた
いつものやうに
私は世界の壮麗さに目を開き
創造主に感謝しえぬのを悲しむ
さはあれど
多くの薔薇が私を慰め
脣《くちびる》がいくつも私の脣《くち》に触れる
いとしいひとよ
リュートを置いて
鳥たちが歌ひ始めたから

第一四一歌

世界の創造、おまへの誕生
世界の未来、おまへの宿命《さだめ》
——すべてが謎だと
知つただけでもよしとせよ
危険と知つても懼《おそ》れぬおまへは
謎には微笑を返せばよい
生死の境を越えたとき
何かがわかると思ふな
——光無きあの世の静寂に包まれし者に
平安あれ

第一四二歌

緑なす草原の中ほどにあるあの木の影は
島に似てゐる
行くひとよ
この世の地獄に
すなはちいまゐる場所にとどまるがよい
君が辿る道とゆつくり動くかの影のあひだにあるのは
恐らく越ゆることの叶はぬ奈落の裂け目

第一四三歌

けふおれは何をしよう
居酒屋にでも行かうか
庭で腰を下ろすか
読書にでも費やすか
一羽の鳥が視界をよぎる
どこへゆくのか
鳥はすでに見えない
酷熱の天空を飛ぶ鳥は陶酔を感じ
人間はモスクのひんやりとした物陰にゐながら
憂鬱にとらはれるのだ

第一四四歌

いとしきひとよ
もう少し酒を呑め
おまへの頬が薔薇の輝きを取り戻すまで
ハイヤームよ
もう少し悲しい顔をしたはうがいい
恋人が微笑《ほほゑ》んでくれるから

第一四五歌

世界はたとへば薔薇咲くあづま屋
訪《おとな》ふものがてふてふならば
小夜啼鳥が楽士の役目
その薔薇が
葉むらとともに失せたとしても
薔薇のかはりに星ぼしが咲き
きみの髪こそ我が憩《いこ》ふ森

第一四六歌

召使ひたちよ
ランプは持つて来ずともよい
会食を共にした人々は疲れ果てたか
いつの間にやら眠つてしまつた
よくよく見れば彼らの顔に血の気のないのがよくわかる
横たへられて冷たくなれば
はや夜の墓所にゐるのと同じこと
だからランプを持ち来たるな
死者の国では夜明けがそもそもないのだから

第一四七歌

苦悩の重みに耐へかねて足許がふらつくなら
もはや涙も涸れ果てたとしか思はれぬなら
雨上がりに燦《きら》めく草木の緑を思ひ出してごらん
華やかな昼間の光景に腹が立つたり
今夜で世界が終はればよいと願つたりしたときは
子供が目覚める姿を考へてみればいい

第一四八歌

傷ついた鳥は身をば隠して死ぬといふ
それに倣《なら》つて悲しみを隠すとするか
酒をくれ
冗談を言へば笑つてくれるか
とにかく酒だ
薔薇も要る
さあ、恋人よ
リュートを弾いて歌つておくれ
私の悲しみなど知らぬふりして

第一四九歌

神よ
あなたは我らの歩む道筋に
眼には見えないあまたの罠《わな》を仕掛けたうへで言はれた
——罠を避けようとせぬ者に災ひあれ
あなたはすべてを見通し、すべてを知つておいでだ
あなたが認めたことしか起こりはしない
されば我らの過ちは我らの責任ではない
これが私の反抗だとして
あなたに私を咎《とが》めることができるか

第一五〇歌

多くを学び、多くを忘れた
それもみづから進んでのこと
我が記憶の部屋はそれぞれ場所が決まつてゐて
右のものを左へ移すわけにはいかなかつた
平安を知つたのは
すべてが厭になつて放擲《はうてき》した時
それでつひに悟つたのは
何かを肯《うべな》ふのも否認するのも
人智を越えた業《わざ》だといふこと

第一五一歌

かつて我には秀でたる師幾人《いくたり》もあり
我、我が進歩と他人《ひと》に優るを喜べり
我も亦学者となりき
今自らの姿を思へばたとへざるを得ず
壺の形の示すがままに収まる水や
風に吹かれて消える煙に

第一五二歌

賢者の言ふに
悲しみと喜び、善と悪とはあひ似かよひ
始まるものは必ず終はる
然《さ》らば君、考へるがいい
思ひもかけぬ僥倖《げうかう》に心躍らせ
はからぬ不運に心悩ますわざくれは
正しきことかと

第一五三歌

この地上での我らの宿命《さだめ》が
苦しんで死んでゆくことと決まつてゐるなら
我らの惨めな肉体などすぐにでも大地に返したい
さう願ふのはいけないことか
積んだ功徳に従つて
アラーが我らの魂を裁くとあなたは言ふのか
それについては
死者のもとから帰つて来た者に
話が聞けたら
答へるとしよう

第一五四歌

托鉢僧《ダルウイーシュ》よ
ご自慢のきれいな色のおまへの着物を脱いでみよ
生まれたときには着てゐなかつたらう
貧しい者がまとふ外套を羽織るのは厭か
誰からも挨拶されないだらうが
おまへの心の内では
天上の熾天使《セラフイム》がこぞつて歌ふ声が聞こえるだらう

第一五五歌

酔うてゐるかはどうでもよい
喉が渇いてゐるかどうかも
まづは眠りに身を任せよう
善と悪との違ひを知るのは諦めた
我からすれば幸福も苦悩もさして変はらぬ
もし幸福が訪れることがあつても
僅かな場所しかあてがはない
すぐにも苦悩が押し寄せることはわかつてゐるから

第一五六歌

海を燃やすことなどできやしない
幸福は危険だと相手に信じさせるのも不可能だ
しかあれど、そんな相手に限つて知つてることがあるものだ
一杯に中身の入つた酒壺は割れやすく
中身が空だと割れにくいといつたこととか

第一五七歌

見渡してみよ
自分のまはりに何がある
悲嘆と苦悩と絶望だけが見えないか
最良の友達《ともどち》は皆死に果てた
悲しみだけがきみの道連れ
されど今、顔を上げてみたらどうだらう
両手を開いて、欲しいものを取るがいい
手に届くものをつかむのだ
いまや過去など死骸《むくろ》に過ぎぬ
埋めてしまつてかまはない

第一五八歌

夕靄《ゆふもや》のなかを遠ざかる馬上の人を見てゐると
こんな疑問がふと浮かぶ
これから森や荒野を横切つて進むのか
この先何処《いづこ》へ向かふのか
それは私にはわからない
明日になつて私が寝るのは
地面の上か、はたまた下か
それも私にはわからない

第一五九歌

――アラーは偉大なり
篤信の信徒が放つこの叫びは限りなき嘆きと似てゐる
日に五回、耳に届くこの嘆きは
耳傾けぬ創造主に向けられた
大地の側の呻き声とも聞こえよう

第一六〇歌

断食月《ラマダーン》がやつと終はつた
心身ともに疲れ果てたが
喜びもふたたびめぐつて来た
物語の語り手は新たな話を仕入れ
酒の運び手や夢商ひはそれぞれ売り声を挙げてゐるのに
ひきかへてこの私の耳には
生きる意欲を再び私に掻きたてるべき
恋人の声は聞こえてこない

第一六一歌

この園庭《には》で
光に照り映《は》ゆ川を見よ
我のごと
なぜ今この瞬間《とき》を
妙なる楽土《らくど》と思ひ定めぬ
さあれ、ゆけ
そして求めよ
薔薇の顔容《かほ》なす
君が乙女を

第一六二歌

君にはいささか呆れてしまふ
物事の、また存在の
うはべだけしか見ないのだから
君は自分の無智を嘆く
ならばなにゆゑ
女への愛のことなど忘れないのか
アラーの神慮は
ある種の草には毒を与へて
愛にも毒を混ぜたのだ
さすがにそれは知るべきだらう

第一六三歌

君は今不幸だと言ふ
さればまづ、その苦しみを忘れたまへな
考へぬのにしくはない
それでも君の苦しみがあまりに激しく、抑へ切れぬものならば
創世このかた君と同じく恋に悩んだ
すべての男を思つてごらん
悩んだ甲斐が彼らにあつたか
それよりも雪なす胸乳《むなぢ》の素敵な女を選ぶこと
ただ気をつけよ、思はず知らず愛さぬやうに
女のはうも君に血道をあげないやうに

第一六四歌

呆れるほどに何も知らない哀れな人だね
自分の周囲の謎一つ解明できないのだもの
君の信じる宗教が天国を約束してるつて言ふのかい?
それならせめて今ゐるこの世にお作りよ
あの世にや天国なんて多分無いから

第一六四歌のⅡ（右別訳）

ああはれ
物知らぬ人は
我らを囲む謎一つだに
明らかにすること能《あた》はず
信心で極楽に行けるといふなら
この世で作るが早道
死後の極楽などあるとは思へぬ

第一六四歌のⅢ（右別訳）

げにもあはれと言ふほかない
物を知らうとせぬ君は
我らの周囲の謎ひとつ説き明かすことさへできぬのか
宗教が天国を用意してゐると言ふなら
地上にこそ作つてみてはどうだらう
彼岸には存在しないかもしれないではないか

第一六五歌

灯りは消えて
希望《のぞみ》に火がつく
それが暁《あかとき》
灯りがともされ
希望《のぞみ》は果てる
それを夜《よ》と言ふ

第一六六歌

貴重な一杯のこの酒あれば
王国すべてと換へてやる
あらゆる書物、人間のすべての学問も
芳醇な香りを放つこの酒には敵《かな》はない
愛を讃へるあまたの歌も
流れる酒の歌一曲と優劣がつかぬ
英雄フェリドゥーンの栄光にひけをとらないこの酒壺の
燦《きら》めく輝きをよく見るがいい

第一六七歌

思ふさま殴られた気分だ
わかつてはゐたのだが
恋人に捨てられた
倶《とも》にゐれば
ごく簡単に愛を莫迦にし
遁世を讃へてゐたのだつたが
ハイヤームよ
恋人の傍《そば》にゐながらどれほどおまへは孤独だつたか
恋人が立ち去つたのは、おまへがふたたび彼女のもとへ
逃げ込むきつかけを作るためではないのか

第一六八歌

神が我が喜びをぶち壊した
神が我が心と女の心を隔てる壁を拵へた
折角手に入れた美女だつたのに
神が台なしにした
神ならぬ身の命はもう長くない
それなのに
神なら酔つ払つて
ふらふら歩いていいと言ふのか

第一六九歌

鎮まれ、我が苦痛よ
薬を探したいのだ
何としても
ここでは死ねない
死んで記憶が消えるに任せるわけにいかないのだ
何度でも会ひたいと思ふ
大切な恋人ゆゑに

第一七〇歌

かぐはしい香料もリュートも盃も
くれなゐの脣《くちびる》も丈なす髪も切れ長の眼も
「時」の力で壊される玩具のごときもの
さうだ、ただの玩具にすぎぬ
難行を重ね、孤独に耐へ
労苦を厭《いと》はず働いて
瞑想と祈りを続けて世を逃れても
すべてを灰燼《くわいじん》に帰す「時」の力に抗することなどできやしない
さうだ、我らなど灰にすぎない
風が来たれば消え去る灰に

解説

本書は、フランツ・トゥーサン（一八七九〜一九五五）による仏語散文訳オマル・ハイヤーム（カイヤム）作『ルバイヤート（ロバイヤート）』（一九二四）百七十首の全訳である。底本は以下の通り。なほ、初版刊行時、和紙を用ゐた番号附き二百五十部限定版が同時刊行されてゐるが、未見。

Franz Toussaint: *Robaiyat de Omar Khayyam*, traduit du persan, L'Édition d'Art H. Piazza, 1924. Préface par Ali Nô-Rouze, 1923.

凡例としていくつか挙げておきたい。

（i）作者名・作品名の表記

ペルシア語の発音そのものに「ウ」音と「オ」音の混淆があつて、フランス語の場合、記号をとつた綴りだけで言つても、作品名で Rubaiyat, Roubayet, Robaiyat、作者の苗字で Khayyam、Khayam、al-Kayyam とそれぞれ三通りの表記がある。Umar と書くこともある Omar といふ名前も、わが国ではかつては「オマア」「オーマー」などとされてゐたが、最近では「オマル」あるいは「ウマル」と書かれるやうになつてきた。フランス語では「オマル」と発音する。Khayyamも日本ではいまや「ハイヤーム」が一般的であらうが、大抵のフランス人は「カイヤム」と発音するやうである。書名をRobaiyat「ロバイヤート」としたトゥーサンの名前のFranzはドイツ人名であればフランス語でも「フランツ」と発音するが、フランス人の名前としてはドイツ語風の「フランツ」ではなく「フランス」と発音されることが多い。ただし生まれたときの名がFrentzであることからすれば、恐らく「フランツ」と発音してゐたのではなからうか。

表記に関して訳者としては、仏訳の重訳ゆゑ名前のみフランツ・トゥーサン、あとはオマル・カイヤム、ロバイヤートといふフランス語に即した固有名詞表記を用ゐたいところではあつたのだが、それでは今まで『ルバイヤート』として我が国で親しまれてきた作品とは別の詩集の翻訳と受け取られかねない。さうなつては元も子もないので、解説文中も含め、フランツ・トゥーサン訳オマル・ハイヤーム『ルバイヤート』といふ表記で統一する。

念のために繰り返しておけば、本書は十一世紀から十二世紀にかけて活躍したペルシアの詩人・数学者・哲学者・天文学者オマル・ハイヤーム著『ルバイヤート』のフランツ・トゥーサンによるフランス語散文訳の日本語訳である。

なほ、歌の番号表記は「第一七〇歌」の如く記した。すつきりしたレイアウトにしたかつたからである。

（ⅱ）拙訳の方針

一、範にすべき『ルバイヤート』の既訳の多くに倣ふとともに、訳者の文学的信条《クレド》の形成に中心的役割を果たした文学者たち（たとへば石川淳、吉田健一、丸谷才一、福永武彦、倉橋由美子、内田百閒、井伏鱒二、小沼丹、結城信一、那珂太郎、入澤康夫、矢野峰人、寿岳文章、森銑三、塚本邦雄、須永朝彦、福田恆存）への共感と感謝の思ひを込めて、若き日より愛すること久しい歴史的仮名遣ひにした。初稿は漢字も旧字体だつたが、編集部と相談のうへ新字体に改めた。

一、元々のトゥーサン訳がさうであるやうに、散文訳は定型と異なり形式に縛られない分、長さに違ひが出る。拙訳の行数が同じでないのはそのためである。

一、いくつかの訳には「別訳」を附けたが、それはトゥーサンのフランス語から複数の声が聞こえてくるやうに感じられたからである。「別訳」の発想は鍾愛する矢野峰人の『ルバイヤート』訳や呉茂一訳のいくつかのギリシア詞華集に負つてゐる。

一、訳詩の文体が様々なのはトゥーサン訳そのものの変幻自在なフランス語に虚心坦懐に耳を傾けた結果である。むしろ変化をお楽しみ頂けたら有り難い。

（ⅲ）序文と解説について

原著には当時カイロ駐在のペルシア帝国全権公使だつたアリ・ノー・ルーズによる序文（一九二三）が附されてゐる。オマル・ハイヤームと『ルバイヤート』、さらにトゥーサン訳についての解説として素晴らしいものではあるのだが、作品と作者についてはやはり情報が古いこともあつて、あへて割愛し、肝心要の記述については本解説中で紹介することにした。
凡例はここまでにして解説に進む。

1　出版元について

レディシオン・ダール・H（アンリ）・ピアザ社は、一八九七年、ローマ出身のアンリ・ピアザによつて設立された。おもに文学、宗教、美術の分野で、美しい挿絵入りの比較的安価な袖珍本を多数刊行してゐたが、一九八三年の火災で甚大なる損害を受け、外部資本が入つたせゐか、現在では著名作品（Le Petit Prince など）の豪華限定本やオリジナルの版画の販売に軸足を置いてゐるやうである。底本にした一九二四年の初版の口絵を飾るのは版画家のポール・ザンケル（**Paul Zenker**　一八七九年〜歿年不詳。一九四〇年代初頭までの仕事の記録はある。この口絵は本訳書のカバーに使用）の作品で、同書肆から刊行されたトゥーサンの大半の本やマルドリュスの本の口絵や挿絵もザンケルが描いてゐた。トゥーサンはピアザ社にとつて重要な稼ぎ手であり、その『ルバイヤート』訳は、サーディー『薔薇園』訳と並び、同社のベストセラーの一角を担つてゐた。『ルバイヤート』は古書店のカタログで調べた限りで言へば一九二四年以降、一九二五、一九三一、一九四〇、一九五一、一九五二、一九五七、一九八〇、一九八二の各年に刊行された版がある。それですべてではないだらうから、トゥーサン訳『ルバイヤート』が如何に広く読まれてゐたかがわかる。しかも、刊行年だけではわからない重版もある。私は一九二四年五月二十五日印刷完了と書かれてゐる版を二冊所有してゐるが、一つは十四刷、もう一つは十九刷とあって、それぞれの正確な刊行年は不明と言はざるを得ないとしても、トゥーサン訳『ルバイヤート』が多くの読者を獲得してゐたことは疑ふべくもない。

さりながら、トゥーサン及びトゥーサン訳をめぐるさまざまな事柄は一旦脇へ置いて、最初に作者のオマル・ハイヤームとその詩集『ルバイヤート』について、小川亮作、矢野峰人、金子民雄、岡田恵美子、黒柳恒男といつた碩学諸氏の著作や仏訳数種の解説等を参照しつつ、ざつとおさらひをしておきたい。

2　原作者と作品について

オマル・ハイヤームは一〇四八年五月十八日、現在のイラン北東部にある都市ニシャプールで生まれ、一一三一年十二月四日、同地で歿した。墓所には当人の希望通り、二種の花が咲いてゐたとのこと。

本名はオマル・イブン・イブラーヒム・ニシャブーリイ。ハイヤームは「天幕作り」を意味する俗語で、父親の職業に由来する。それなりに裕福な家庭で育ち、少年の頃から歴史、語学、数学、医学、哲学、天文学に没頭。やがて詩を作るやうになつた。長じてからはとくに天文学者、数学者、哲学者として知識人の尊敬を集め、一般の人々からは著名な占星術師として知られた。数学者としては三次方程式の解法を立証したことで有名だつたらしい。ある意味、レオナルド・ダ・ヴィンチに通じる万能型天才だつたと言へるだらうか。さりとて詩人として華々しく活躍してゐたわけではない。イスラムのスルタンに天文学者として仕へながら、体制や旧慣に対する激越な批判を含む詩作をし、それを親しい友人のあひだで回す程度だつたと言ふし、そもそも「ルバイヤート」といふ名詞自体がオマル・ハイヤーム個人の詩集の名ではなく諧謔と批判的精神に裏打ちされた四行詩を指す「ルバーイイ」の複数形に過ぎなかつた。ハイヤーム作と言はれる詩篇で何篇が真作かはつきり決着がついてゐるわけではない。千数百首を収めた版本もあり、明らかに後世のものまで混ざつてゐて信頼性に乏しいとされる一方で、少なければ信頼度が増すといふわけでもないので、精緻な学問的アプローチはきはめて難しいとされる。『ルバイヤート』が書かれたのは日本で言へば平安後期の「大鏡」や「今昔物語集」、多少の時間の幅をもつて世界に目を転ずれば、フランスの「アベラールとエロイーズ」の往復書翰、アイスランドの「ニヤウルのサガ」、蘇軾「赤壁賦」などの時代で、パリのノートルダム大聖堂の建築も始まつてゐない頃だつたから、いきほひ写本によつて伝へられることになつた。写本である以上、どれを以て原作に最も近いかを決めるのは至難の業であり、すぐ後で述べる「テヘラン写本」事件のやうなことも起こりえたのである。

トゥーサン訳の百七十首も詳しい情報が書かれてゐない以上正確にはわからないにしても、トゥーサンの他の仕事からして、巷間しばしば見られたやうなフィッツジェラルドの英訳を元にした翻訳ではなく、何らかのペルシア語写本を底本にしたことだけは確かである。

一九五〇年代に相次いで発見された写本の中でも、当初一二〇八年のものと推定された「テヘラン写本」はケンブリッジ大学図書館所蔵となつて、もつとも信頼性の高いテキストとされてゐたのだが、一九八〇年代になつて、紙の繊維の分析による年代測定法や書法等の再検討の結果、現代にきはめて近い時代に作られた真つ赤な贋物《にせもの》の烙印を押されてしまつた。

その名前を見聞きするだけで研究者も愛好家も一喜一憂するくらゐ、蠱惑に満ちた書物、それが『ルバイヤート』だと言つていい。さはあれど、ハイヤームの名も「ルバイヤート」も全き忘却の淵に沈んだままだつたらう、もし英国の詩人エドワード・フィッツジェラルド（一八〇九〜八三）が一八五九年、二百五十部といふ少部数ながら英訳七十五首を自費出版しなかつたならば。フィッツジェラルドの英訳は一八六八年に第二版（百十首）、一八七二年に第三版（百一首）、一八七九年に第四版が（百一首）出版された。死後刊行（一八八九）の第五版（百一首）もある。たとへ恣意的と批判されようが、また、どれほど誤訳を指摘されようとも、エドワード・フィッツジェラルドがオックスフォード大学の所蔵にかかるペルシア語の詩稿の山からハイヤームの詩を選び出して英語に訳すことがなければ、世界に『ルバイヤート』が今のやうに広まることは決してなかつた。無数と言ひたくなるフィッツジェラルドの英訳の重訳もむべなるかな。それを認めた上であへて言ふなら、『ルバイヤート』を愛する者としては、フィッツジェラルドの英訳以外の訳に目が向くのはむしろごく自然の成り行きといふものだらう。私がトゥーサン訳『ルバイヤート』と出会ひ、以降四十年以上にわたつて愛読してきたのも無理からぬことであつた。だが、トゥーサンに話を繋ぐ前に、もう一度フィッツジェラルドの英訳をめぐる話に筆を戻す。

ハイヤーム及び『ルバイヤート』にまつはる伝説的なエピソードはあまたあるが、古本屋の店先でぞつき本よろしく売られてゐたフィッツジェラルドの英訳がラファエル前派の詩人ダンテ・ゲイブリエル・ロセッティの友人の目に止まり、それを奇貨として毎日のやうに売れたことで、日ごとに売値が上がつていつたといふ話はとくに知られてゐると思ふ。フィッツジェラルド訳が人々の注目を集めたせゐで、『ルバイヤート』にまつはる真偽の不確かなエピソードはほかにも数多く伝へられてきた。千ものダイアモンドを鏤め「孔雀のルバイヤート」と呼ばれた超のつくほど豪華な一冊本（中身はフィッツジェラルドの英訳）は持ち主、制作者とともにタイタニック号と運命をともにしたとか（のちに作られた同一仕様の限定版は一時日本のコレクターが所有してゐたといふ）、宮澤賢治が愛読してゐたとか、マルコ・ポーロが言及してゐる暗殺者集団「アサシン」の首魁《しゆくわい》「山の老人」ハッサン・サッバーハとハイヤームは学友だつたとか、『千夜一夜物語』の「シンドバッドの冒険」の異本の一つにハイヤームの「ルバイヤート」が五篇引かれてゐるとか、探してゆけば枚挙に遑《いとま》がないほどだ。フィッツジェラルドの英訳をはじめとした各国語による『ルバイヤート』の翻訳とそれにまつはるエピソードを纏めただけで分厚いアンソロジーが何冊もできるだらう。その中に仏訳された『ルバイヤート』の章があるとすれば、その筆頭に置かれるものとしてはフランツ・トゥーサン訳『ルバイヤート』がもつとも相応しい気がするが、そこには私の個人的思ひ出が離れがたく絡み合つてゐる。だが、それについて語る前に、フランツ・トゥーサンについて書いておかなくてはならない。

3　フランツ・トゥーサンについて

フランツ・トゥーサンは一八七九年十月四日、フランス南西部の都市ポーで生まれ、一九五五年十二月九日、同地で他界した。ポーは山梨県甲府市と姉妹都市で、静かな田舎町である。生歿が同じ町といふ点で言へばハイヤームと相通ずるものがある。生まれた時はフランツ(Frentz)・エルネスト・アンリ・トゥーサンだつた。作家にして東洋学者、シナリオ作家、アラビア語とペルシア語、サンスクリット語、中国語、日本語作品（能楽作品集）の翻訳家として一世を風靡した。とくに『ルバイヤート』は人気、評価ともに高く、幾つかの言語に訳されてゐるといふ。現物は未見だが、古書店のカタログでドイツ語版とスペイン語版三種は確認した。少年時代はアルビで暮らし、リセはトゥールーズ。リヨンに越したあと、スーダンで兵役を終え、パリに上る。一九一〇年頃のことだつた。パリでジャン・ジョレスやジャン・ジロドゥーや文藝サロンの主宰者として人気を博した才色兼備の詩人アンナ・ド・ノワイユ夫人らと親交を結ぶ。出版した本の大部分が『ルバイヤート』の版元と同じだつた。

トゥーサンのあまたの著作については巻末の著作目録にまとめた。それらをざつと眺め、以下の事実を知るだけで、トゥーサンの仕事が如何に評価されてゐたか、そしていまなほ命脈を保つてゐるかがわかるだらう。二〇〇六年には「ピレネー地方誌」に、ミシェル・ファーブルなる人物が「ある詩人の肖像 フランツ・トゥーサンのこと」と題した文章を寄せてゐるだけでなく、二〇〇八年には『ルバイヤート』が『叡智の綱、ルバイヤート』と題されて装ひ新たに刊行されてゐるし、二〇一〇年にはあとで紹介するアラビア語訳も併録されたトゥーサン訳『ルバイヤート』の美しい大判の刊本が出版された。フランス語で読める『ルバイヤート』と言へばフランツ・トゥーサンといふ時代は長く続き、他の訳が出版された後もトゥーサン訳のルバイヤートが忘れられたわけではなかつたのである。それを思ふと四十年以上トゥーサン訳『ルバイヤート』をつねに傍らに置き、愛読してきた私としては胸が熱くなるのを禁じ得ない。

トゥーサンについては私としてもうひとつ書いておきたいことがある。先に名前を挙げたノワイユ夫人はトゥーサン訳サーディーの『薔薇園』一九一三年版に力のこもつた長文の序文を寄せてゐる。そのなかに次のやうな一節がある。フランス語は豊かで濃密な煌めきを放つ東方の物語を再現する方向で発展してこなかつたと述べた後で夫人は言ふ。

フランツ・トゥーサンの明快で滑らかな言葉は、サーディー特有の瞑想を曇りなく映す鏡である。モンテスキューの故郷［ボルドー］からやつてきたこの偉大な作家にして偉大な詩人がかやうな東方の傑作の数々を節度を保つたまま磨き上げたことを私たちは言祝《ことほ》がねばならない。……フランツ・トゥーサンは他に比較のしやうがないほど巧みな筆捌《さば》きで、困難きはまるその試みに物の見事に成功したのだ。

『ルバイヤート』の翻訳にも当てはまるかうした讃辞を読んだ感想を書翰でノワイユ夫人に書き送つた人物がゐる。一九一三年二月半ばと推定される手紙だ。

……最近お書きになつた素晴らしいご高文を拝読しました。いつもさうですが、一層広く高い境地に達していらつしやると感じました。成長し続ける樹、それが貴女なのですね。

手紙を書いたのはマルセル・プルースト。『失はれた時を求めて』第一篇「スワン家のはうへ」の原稿を複数の有力な書肆から突き返され、やむなくグラッセ書店から自費で刊行することを決意。病身に鞭打つて日夜推敲に励んでゐた頃である（刊行は同年十一月十三日）。『マルセル・プルースト書翰全集』（全五巻。二〇二三）の注によれば、「ご高文」とは、もともと「週刊雑報」誌一九一三年一月十一日号に掲載されたノワイユ夫人による「サーディーと『薔薇園』」なる書評で、その年にファイヤール社から再刊された『薔薇園』のみならず、その後の多くの刊本のほとんどすべてに再録されることになる文章だつた。一九二二年に世を去つたプルーストは

『薔薇園』は読んでゐても、一九二四年初版刊行のトゥーサン訳『ルバイヤート』を読む機会はつひになかつた。何とも残念といふほかないが、『ルバイヤート』を披くたびに、もしプルーストが読んでゐたらどう感じただらうといふ答へのない問ひが頭を擡《もた》げるのは如何《いかん》ともしがたい。

4　『ルバイヤート』の思ひ出

『ルバイヤート』とのかかはりについてはやはり幾らかでも禿筆《とくひつ》を呵《か》す必要があるだらう。どのみち昔話であることには違ひはないのだが。

今を遡ること五十三年前、当時大学一年生だつた私は岩波文庫の小川亮作訳『ルバイヤート』をポケットに入れて携行しては読み耽つてゐた。最初は高三の夏に母を亡くした悲しみを軽減する一種の薬のやうに読んでゐたのだが、そこにあるときから違ふ意味合ひが生まれた。それはほぼ同時期に聴き始めたジャズにどんどんのめり込んでゆく過程でチャーリー・パーカーに出会つたことに由来してゐる。麻薬中毒患者で、自堕落な生活を送りながらも、前人未踏の音楽的境地に踏み込んだこの天才サックス奏者が愛読してゐた本が『ルバイヤート』だつたといふ記事をどこかで読んだことが、『ルバイヤート』に対する私の傾倒を一気に加速させたのだ。

パーカーの演奏には、例外がないわけではないにしても、基本的に意表を突く新鮮な発想とあくまで美しい音と沸き返るやうな生命感が見事に汪溢してゐて、聴いてゐる人間を死のはうではなく、生の側に引き寄せる力が漲つてゐた。しばしば「享楽的なペシミズム」の作品と思はれがちな『ルバイヤート』に対して私が抱き始めてゐた印象――激しさと静謐が同居する諦観に満ちた人生観と、それと同時に感じられる生への強い衝動は、チャーリー・パーカーの音楽から私が受け取るものと多くの部分で重なりあつてゐた。パーカーを介しての『ルバイヤート』、『ルバイヤート』を通じてのチャーリー・パーカーやジャズ。それこそが他のもろもろの文学や藝術とともに、その後の私の人生を支へ続けて来たと今ならば言ふことができる。

大学の学年が進むにつれ、他の『ルバイヤート』訳も読みたくなり、可能な限り探すことになつた。その結果の一つが三年生の時に履修した「比較文学（小林路易先生）」の学年末自由課題レポートとして提出した「『ルバイヤート』の日本語訳の比較研究」（小林先生は優をつけて下さつた）である。その時の文献調査で、『ルバイヤート』にはかなりの数の日本語訳が存在することがわかつた。とは言ふものの、それらのほとんどは名訳とされるエドワード・フィッツジェラルドの英訳からの重訳で、原典からの小川亮作訳が時に霞んで見えることとすらあつた。ただ、これが『ルバイヤート』の不思議なところと言つてもいいのだが、「屋上屋を架す」といふ、普通なら否定的に用ゐられる言葉をむしろ積極的に使ひたくなるほど、『ルバイヤート』の日本語訳はその後も次から次へと刊行されてきたのである。私の『ルバイヤート』熱はそのまま続き、仏文科の修士課程の学生の頃、思ひ切つて買つたのが森亮訳『ルバイヤート』（槐書房。一九七四）だつた。訳者毛筆署名入り限定三百二十五部の第六十番といふ稀少性もさることながら、定価一万六千円なる金額は当時の下宿代一万二千円をはるかに超えてゐたから、親のゐない仕送りなしの貧乏学生にとつては、清水の舞台から飛び降りるやうなものだつた。それほど『ルバイヤート』は私の心に棲みついてゐたといふことだらう（脇道に逸れた思ひ出話をもうひとつだけ連ねる。当時はコピー機が普及してゐなかつたから、すでに稀覯本と化したものだけでなく、根気よく探せば買ふことのできた本も、大学図書館等で借りるとことごとく筆写をして読んだ。原稿は自筆、同人誌はガリ版刷りの時代であつた）。

比較文学のレポートで採り上げた九年後の一九八二年の春、私はパリにゐた。本好きの学生なら誰でもさうするやうに、私も本屋に入り浸り、財布が許す限り新刊古書を問はず蒐書に励んでゐた。中心はむろんプルースト関連の本だつたが、それ以外の本を気の向くままに買ふこともあつた。フランツ・トゥーサン訳『ルバイヤート』もさういふ専門外の一冊だつた。とは言へ、そこには他の本とはまつたく違ふ事情があつた。

十代の頃から『ルバイヤート』は私の「一冊の本」として意識してゐた特別な書物だつたから、仏訳を見つけるたびに買つてはゐたのだが、トゥーサン訳は最初から他の『ルバイヤート』訳とはおよそ懸け離れてゐた。その後の本との出会ひで言へば、市河晴子『欧米の隅々』の場合と似てゐるかもしれない。書店で見つけて数頁読んだだけで、私は何か運命的な出会ひを感じた。買つたのは『失はれた時を求めて』「スワン家のはうへ」のグラッセ版初版を見つけたサン・ミシェルのジベール・ジュンヌ書店。数頁立ち読みしただけで背筋を電流が貫いたやうな感覚を覚え、すぐにレジに走つた。買つた本を鞄にしまひ込むと熱に浮かされたやうにそのままサン・ジェルマン・デ・プレへ。そこからは一直線にレンヌ通りを歩き続けてモンパルナスまで。左へ曲がつてヴァヴァンに至り、そこにある四つのカフェのひとつラ・ロトンドにそそくさと腰を落ち着けて最初から読み始めた。今でもその時の店の感じは思ひ出すことができる。トゥーサンののびやかな、それでゐて大胆とも言へる訳詩にすつかり魅了された私は何時間かかけて最後まで駆け足で読み切つたあとも、繰り返し本を披いてトゥーサン訳の『ルバイヤート』を味はつた。外はすつかり昏《くら》くなつてゐた。

トゥーサン訳『ルバイヤート』の何が三十歳前後の私の心の深いところまで入つて来たのか。

5 『ルバイヤート』の翻訳について

「ルバイヤート」が普通名詞で「四行詩集」を指すことはむろん知つてゐた。トゥーサン訳は窮屈さを感じさせない散文訳である。

少し立ち止まつて考へてみよう。

私見によれば、定型詩の翻訳にはごく大雑把に言つて二つの方向性がある。誤訳や訳語選択の可否等についてはここでは採り上げない。

一つは原詩の形式をできる限り生かしたもの。たとへば俳句の訳がさうで、芭蕉の「古池や」

の二十数通りある英訳が示してゐるやうに、そのほとんどで三行形式は生かされてゐる。ラフカディオ・ハーンの訳を例に挙げる。

Old pond
frogs jumped in
sound of water

三行形式ではない訳もあるにはあつて、アルフレッド・H・マークスの訳はかうだ。

There once was a curious frog
Who sat by a pond on a log
And, to see what resulted,
In the pond catapulted
With a water-noise heard round the bog.

自由ではあるが、もたついた感じが残るばかりですんなり入つてこない。元々の形式から離れるのはかくも難しいことなのだらう。

『ルバイヤート』の場合はどうだつたのか。
まづは、わが国で最初にフィッツジェラルドの翻訳を紹介した詩人蒲原有明の翻訳を全篇挙げておきたい。『有明集』（一九〇八）に収められた六首である。かういふ訳を読むと「空前絶後」とか「稀代《きたい》の名品」とか「比肩するものなし」とか「一頭地を抜く」といつた言葉が次々と浮かんで来る。小川亮作も矢野峰人も森亮も、その『ルバイヤート』訳に筆を染めたとき、有明のルバイヤートを念頭に置いてゐたといふ。ここからすべてが始まつたのだ。
タイトルは「『ルバイヤット』より」。原作者は「オマアカイアム」と記されてゐる。「其一」に五首、其二に一首が配されて計六首。順序通りに引く。

泥沙坡《ナイシヤプル》とよ、巴比崙《バビロン》よ、花の都に住みぬとも、
よしやまた酌《く》む杯《さかづき》は甘《うま》しとて、苦《にが》しとて、
絶間《たえま》あらせず、命《いのち》の酒はうちしたみ、
命の葉もぞ散りゆかむ、一葉《ひとは》一葉に。

朝毎《あさごと》に百千《ももち》の薔薇は咲きもせめ、
げにや、さもあれ、昨日の薔薇の影いづこ、
初夏月《はつなつづき》は薔薇をこそ咲かせもすらめ、ヤムシイド、

カイコバアドの尊《みこと》らのみ命《いのち》をすら惜《を》しまじを。
逝《ゆ》くものは逝かしめよ、カイコバアドの大尊《おほみこと》、
カイコスル彦、何はあれ、
丈夫《ますらを》ツアルもルスツムも誇らば誇れ、
ハチム王宴《うたげ》ひらけよ——そも何《なに》ぞ。

畑《はた》につづける牧草《まきぐさ》の野を、いざ共に
その野こえ行手《ゆくて》沙原《すなはら》、そこにしも、
王は、穢多《ゑた》はの差別《けじめ》なし、——
金《きん》の座に安居《あんご》したまへマアムウド。

歌の一巻《ひとまき》樹《こ》のもとに、
美酒《うまき》の壺《もたひ》、糧《かて》の山、さては汝《みまし》が
いつも歌ひてあらばとよその沙原《すなはら》に、
そや、沙原もまたの天国。

賢《さか》し教《をしへ》に智慧《ちゑ》の種子《たね》播《ま》きそめしより
われとわが手もとおふしぬ、さていかに、
収穫《とりいれ》どきの足穂《たりほ》はと問《と》はばかくのみ――
「水の如《ごと》われは来《き》ぬ、風の如われぞ逝く。」

一首目と五首目が際立つて秀逸だが、他も素晴らしい。かくありて日本語による『ルバイヤート』は蒲原有明といふ天才を得て数こそ尠なけれどかぐはしき実を結び、その後さまざまな色合ひの麗しい花を咲かせることになつたのである。以下に、蒲原有明の影響を何かしら受けながらもそれぞれ独自の訳詩の世界を築き上げた、有明以後の代表的と言つていい『ルバイヤート』の日本語四行訳を、個々についてのコメントはつけずに刊行年順にいくつか並べるが、いづれも優れた翻訳だと思ふ。ただ脚韻を踏んだ久留《くる》勝《まさる》訳は少々毛色が異なるので、かういふものもあるといふことで最後に置いた。最初の五首はフィッツジェラルドの英訳の重訳。一八六八年の英訳第二版を最初に載せる。

Into this Universe, and *Why* not knowing,
Not *Whence*, like Water willy-nilly flowing:
And out of it, as Wind along the Waste,

I know not *Whither* willy-nilly blowing.

「如何なれば」とも知らず、この天地《あめつち》に
「何処《いづこ》より」とも知らず、諾否《うむ》なく流れ、
その外へ、あれ野行く風のごとくに、
「何処《いづこ》へ」とわれ知らず、諾否《うむ》なく吹けり。

何地《いづち》よりまた何故と
知らでこの世に生れ来て
荒野を過ぐる風のごと
ゆくへも知らに去るわれか。

「何処《いづく》より」も、また「何故《なにゆゑ》」もわきまへず
この現世《うつしよ》に水のごとただ流れ来て
荒野吹く風さながらに、何処にか
行方も知らで有無《うむ》もなく去りゆくわれか。

（竹友藻風訳。一九二一）

（以上矢野峰人訳二首。一九三五、一九五九）

何処《いづこ》より、また如何なれば我や入り来《こ》し
これの世に、本意《ほい》なくうごく水に似て。
また出でゆかん、あら野を渡る風のごと
行方も知らず、あながちに吹きに吹かれて。

（森亮訳。一九四一）

ゆめ来らむと望まざり
来しが迷ひのいやまさり
　あはれ願はで去るこの身
何しに来しか知らで去り

（久留勝訳。一九六三）

続けてペルシア語からの直接訳。岩波文庫に収録された小川亮作訳は百四十三篇。名訳として誰もが挙げるものである。陳舜臣訳は百二十五首からなる部分訳であり、他と同じ歌の翻訳がなかつたので最後に掲げた。

われらが来たり行ったりするこの世の中、
それはおしまいもなし、はじめもなかった。
答えようとて誰にはつきり答えられよう──
　われらはどこから来てどこへ行くやら？

（小川亮作訳。一九四七）

われらが去来するこの世には、
終りも初めもないのは明らか。
この謎を正しく解いた者はない、
いずこから来て、いずこに去るのか。

（黒柳恒男訳。一九八三）

われらが来て、立ち去っていくこの世には、
始まりも終わりも見えはしない。
ここでは誰ひとり正しくいえる者はいない、
どこから来て、どこへ行くかと。

（岡田恵美子訳。二〇〇九）

知れ　汝《なれ》は魂より離れてゆかん
神の秘めし幕のうちにゆかん
飲め　汝何処《いずこ》より来《きた》りしか知らず
善《よ》い哉《かな》　何処へ行くやも知らず

（陳舜臣訳。二〇〇四）

二つ目の方向性を持つ訳詩とは原詩の形式とは異なる形式で織り直したもの。ジャスティン・マッカーシーの英語散文訳を重訳した片野文吉《ぶんきち》遺稿集として一九一四年に開文館より刊行され、一九三六年に龍星閣から再版の出た四百六十六首からなる『ルバイヤット』（二〇〇八年にはちくま学芸文庫に入つた）や安藤孝行《たかつら》訳『るばいやあと』（丘書房。一九八〇。翌年には総革三方金の豪華限定版で刊行されてゐる）などがそれに当たる。片野訳はすぐあとで紹介する辻潤訳とともに、定型ではないきはめて珍しい翻訳で、その点で今回の拙訳の魁《さきがけ》的存在と言へるだらうか。安藤氏のはうは何と小川亮作訳を短歌形式で変奏した独自の『ルバイヤート』訳であつた。こちらは三人の訳を並べてコメントをつけておかう。片野訳については、散文訳にはつきものの長短の違ひがあることを実感して頂くために二首を掲げる。

酒の一滴は地上の凡《すべ》ての王国に価し、酒瓶《さかがめ》を蔽《おほ》へる瓦《かはら》は千の生命に価す。我等が酒に湿《うるほ》ひたる唇を拭へる布は実に千の貨幣に優りて貴《たふと》し。

彼等旅人は逝きぬ、而うして彼等の中《うち》一人《にん》だに幕《とばり》の彼方に隠くされたる秘《かく》れたる事物に就《つ》いて語らんとて我等に帰り来れるもの無し。おゝ敬虔なる人よ、霊魂に関せる事物が好ましき結果を齎《もたら》すは謙遜の心によるものにして、祈禱によりてにはあらず、祈禱は誠実と懺悔なくば人には何等の利益なきものなればなり。

（片野文吉訳二首。一九一四）

ハイヤームの詩が内包する広がりを感じさせて秀逸であるが、いまひとつ詩的感興に欠けるやうに思はれる。忌憚なく言つて、文語にしては滑らかな流れとして耳から入つて来ない点が残念である。とは言へ、フィッツジェラルドの英訳の重訳がほとんどなのに別の、しかも定型ではない訳を紹介した心意気は大いに讃へられていい。

こころにも
あらでうまれし

ひとのよを
さりゆくことの
などてかなしき

はじめなく
をはりなききよを
いづちより
いづちにゆくと
たれかしるべき

（安藤孝行訳二首。一九八〇）

これはこれで果敢な試みと呼ぶべきかもしれず、もつと評価されてもいいと思ふが、一首一首の内に潜む世界が狭まる憾みは残る。トゥーサン訳の広がりには及ばないし、あへて言へば、『ルバイヤート』は単なる香り附けにすぎない場合がほとんどで、いつの間にか『ルバイヤート』から離れてしまふやうな気がしてならない。

そしてフィッツジェラルドの英訳四行詩をあへて散文風にした辻潤訳。例として先ほどの詩を引いてみる。初出は北原白秋編輯の「朱欒《ざんぼあ》」最終号（一九一三）で、「虚無思想研究」第六号

（一九八五）に「辻潤全集未収録作品」として掲載された。文学・美術愛好家でコレクターでもある知人の宇都宮俊之さんが発掘して下さつたもの。

この宇宙に何故かを知らず、何処からともなく無心に流るゝ水の如く、或は又砂漠を過ぎゆく風の如く何処ともなく逃れゆくわれの不思議さ――

（辻潤訳。一九一三）

如何にも辻潤らしく奔放に見えて地道な訳だが、率直に言つて、流麗なトゥーサン訳と肩を並べるまでに至つてゐない。どこか優秀な学生のレポートのやうな感じがどうしてもまとはりついてしまふ。

6　フランツ・トゥーサン訳『ルバイヤート』について

方向性としては、原詩の形式とは異なる自在な形式で織り直したといふ点で今の三氏と共通してはゐるけれど、トゥーサン訳が達した地点、あるいは次元はきはめて高いと言はざるを得ない。フランス語に訳された『ルバイヤート』は何種類か架蔵してゐるのだが、やはりトゥーサン訳に軍配を上げたくなるのは長年愛読してきたせゐだけではないと思ふ。

参考までに、私の手許にある仏訳から一篇づつ選んで訳しておかう。読者の方々は後に引くトゥーサン訳と比べてどうお感じになるだらうか。
最初はヴァンサン・マンスール・モンテイユの定型訳（百七十三首。一九八三）。

友よ、君はすべての秘密を知つてゐるのに
嘆き悲しむのは何故なのか
思ひのままにならぬのが厭はしいのか
短き瞬間《とき》を生きるだけでよいだらうに

次に、ピエール・セゲール（Pierre Seghers）の定型訳（百六十二首。一九八七）。

眠りし時、賢者の声が聞こゆる感あり「眠りの裡には
幸福の薔薇の咲きたるを聞きしことありやなしや
しかるに生者たる汝《なんぢ》、何ゆゑに眠りてふ死の国に赴くや
起きて酒を飲むべし、ひとたび眠れば目覚めぬうへは」

最後に、一九七八年に豪華本を多く出してゐるリベール書店から訳者名を伏せたまま刊行され、

一九八四年にイタリアのサグドス書店から再刊された版からの一篇。四百六十四篇に及ぶ訳詩の全篇が四行から五行の散文で訳されてゐる。

この世にありて麵麭《パン》の半斤懐にして、いざといふとき体ごと逃げ込む棲家の当てもあり、誰の主人でもなく誰に仕へる義務もない。そんな男がゐるなら言つてやるといい。人生に満足して生きよ、君こそ幸運なる経験を積んだ人なのだからと。

これらの訳にはそれぞれ美点があり、それを蔑ろにしたくはないのだが、やはり決定的に何かが違ふ。簡単に言つてしまへば、そこにはトゥーサン訳が持つのびやかさと細やかさ、詩の世界を背後から支へる力強さと大胆さが欠けてゐる。それほどトゥーサン訳に充溢する香気、自由闊達にして融通無碍なる響き、わたりゆく微風のごとき軽やかさは比類がない。原著に序文を寄せたアリ・ノー・ルーズはトゥーサン訳について「ペルシアの最も憂愁に満ちた園で丹念に摘んだ紅い薔薇」であつて、「色も香りもそのままに、苦難に満ちた長旅を経て、『悪の華』を生んだ風土で花開き、ラシーヌの言葉（フランス語）で初めて紹介されたハイヤームの言葉」と詠嘆的な口調で讃へる一方で、年代的には最初の仏訳であつたJ・B・ニコラ訳（一八六七）に対しては「恐るべき曲解」の産物と貶めてゐる。テオフィル・ゴーチエも絶讃したニコラ訳は残念ながら未見なので、ノー・ルーズのニコラ評について何か言ふ資格は私にはないが、彼がトゥーサン訳を如何に高く評価してゐたかといふことはわかるだらう。
具体的に見てみよう。どれでもいいのだが、たとへばトゥーサン訳の原文「第十」「第十一」と拙訳を例に挙げてみる。各ページのフランス語の原文は、次頁の図版に見るやうに、字を囲むペルシア風文様に合はせて改行してゐるので、ここでもフランス語の改行はそれに従ふ。

恋するを知らず
恋に酔ふさへ知らぬ心の
卑しきさまは何と言はう
愛を知らぬと嘯《うそぶ》く者が
照りつける陽のはげしさと
月の光のしづけさを
欠けることとなく
もろともに
味はふことなどできようか

Qu'il est vil,
ce cœur qui

Qu'il est vil,
ce cœur qui
ne sait pas aimer,
qui ne peut s'enivrer
d'amour! Si tu n'aimes
pas, comment peux-tu
apprécier l'aveuglan-
te lumière du soleil et
la douce clarté de la
lune?

トゥーサン版『ルバイヤート』原書ページ

ne sait pas aimer,
qui ne peut s'enivrer
d'amour! Si tu n'aimes
pas, comment peux-tu
apprécier l'aveuglante
lumière du soleil et
la douce clarté de la
lune?

我が青春の花ひらくはいま
酒だ
酒を酌まう
酒のほのほでこの身のうちが
燃え上がるまで
酒をくれ
どんな酒でも文句は言はぬ
芳醇きはまる酒だとしても

舌の先には苦さが残らう
この人生がさうではないか

Toute ma
jeunesse
refleurit aujourd’hui!
Du vin! Du vin! Que
ses flammes m’em-
brasent!... Du vin!
N’importe lequel... Je
ne suis pas difficile. Le
meilleur, croyez bien,
je le trouverai amer,
comme la vie!

疑問文を重ねて読む者の心にさざなみを起こすのはルバーイイにしばしば見られる技法であるが、十のやうに疑問形式から一転して新たな価値観の構築をごく自然に促すハイヤームの技法は見事と言ふほかない。さらに、最終行が読む者の胸に刺さるのは「ルバーイイ」の特徴の一つといふことで、十一の最終行ではそれが如実に感じられる。形式上原詩にあはせただけの四行詩の訳では、この深みに到達するのはなかなかに難しいのではなからうか。トゥーサン訳は形式を捨てた代はりに、自らの心に浮かんだ詩精神を漏らさず掬ひ取つたうへでこの上ない散文詩によるルバイヤートを生み出したのである。四行である必然性はそこにはすでにない。金子民雄著『ルバイヤートの謎　ペルシア詩が誘う考古の世界』（集英社新書）には、フィッツジェラルドの英訳が実は不正確だといふ指摘の後に以下のやうな言葉がある。

ただ、ペルシア語は一つの単語にいくつもの意味が含まれるので、原文を忠実に訳そうとすると四行には収まりきらず、五行、六行と長くなりかねない。韻律を重視しようとすると、本来の意味から離れてしまう。

金子氏の言葉と並べておきたいのは、すでに触れた二〇一〇年刊行の以下の本の巻頭言として記された言葉である（こちらで書いたので巻末の著作リストには入れてゐない）。繰り返しになるが、トゥーサン訳とアラビア語訳が再録され、アラビア書法の筆文字が挿絵のやうに頁を彩る大型の美本で、トゥーサン訳が二十一世紀のいまもなほ高く評価されてゐることの証左と言つていいと思ふ（アマゾン・フランスから「Rubaiyat: Les quatrains d'Omar Khayyam」といふタイトルで現在ダウンロードできるキンドル版の『ルバイヤート』には訳者名こそ書かれてゐないが、トゥーサン訳全篇が収録されてゐる)。

Rubaiyet
Omar al-Khayyam
Calligraphies de Salah Moussawy
Traduction française: Frans Toussaint
Traduction arabe: Ahmed Sâfi an-Najafi
Introduction: Abou hafs Abdeljalil
Éditions Bachari, 2010

「オマル・アル・ハイヤームの『ルバイヤート』のあらゆる翻訳の中で、すでに世界的文化遺産に属するこの詩集を著したペルシアの自由思想的な詩人独自の詩の世界をもつとも忠実に移しかへたのはフランツ・トゥーサン訳である。

詩の翻訳が困難であることは誰の目にも明らかである。だが、フランツ・トゥーサンは『ルバイヤート』の翻訳を通じて、ペルシアの四行詩が表現するものをたくみに移し替へ、詩人の感覚と感情を見事に伝へることを完璧な伎倆で成し遂げたのである」。

十九世紀のエドワード・フィッツジェラルドの英訳を今読むと、率直に言つてどこか古びた感じがする。あるいはかうも言へないだらうか。フィッツジェラルドの英語にすでに古雅たる雰囲気が濃厚に漂つてゐたために、矢野峰人や森亮、竹友藻風といつた古語漢語にも通じた文人の重訳が難解な語彙を鏤めた典雅な名訳になつたのだと。

一方、『千夜一夜物語』のバートン版とマルドリュス版の違ひが単に訳者の個性の差ではなく、英語とフランス語の違ひともどこかで関係してゐるかもしれないやうに、トゥーサン訳『ルバイヤート』はマルドリュスのフランス語とも一脈相通じ、訳詩が息づく場所の風通しをよくしてゐるとまで言ふのは贔屓目に過ぎるだらうか。さりながら、最初にパリのモンパルナスのカフェで、何度も飲み物を註文しながら六時間ほどのあひだに百七十首を読んだときの印象は今回訳してゐるあひだもさう変はらなかつたといふのは嘘ではないのである。事実、自分が訳した『ルバイヤート』の訳稿が映つたモニターの前を離れるたびに、昼間の陽光が夕闇に移りゆくモンパルナス近くのメトロ四号線ヴァヴァン駅を上がつたところにあるカフェの雰囲気が、人々の話すフランス語の響きや器の立てるいくつもの音とともに立ち返るやうな気がしたのだ。遠い日々に確かに「一冊の本」だつたハイヤームの詩集の翻訳を通じて私が今の今感じてゐるのはプルーストの言ふ「見いだされた時」ときはめて近い。

なほ、トゥーサン訳ルバイヤートは、うち五首がジャン・クラの手によつて歌曲として作曲されてゐる。

7　終はりに

最後に、些か個人的な事情も入れ混ぜて書くことをお許し頂きたい。

一九八七年、三十五歳だつた私はある小さな雑誌の連載で「仏訳『ロバイヤート』のしらべ」と題する一文を発表し、トゥーサン訳『ルバイヤート（ロバイヤート）』を「私の一冊の本」として紹介した。それはエッセイ集『乳いろの花の庭から』（ふらんす堂。一九九八）に収められたが、世の耳目を集めるには至らなかつた。お声をかけて下さつたのは今回の企画を実現した国書刊行会編集部の礒崎純一さんだけである。

「全部訳了したら出しますから」とお目にかかるたびに言はれたのだが、怠惰な私は他用に紛れてなかなか本格的に取り掛かることができずにゐた。それが二〇二二年三月に古稀を迎へ、大学を定年退職したのをきつかけに、俄然『ルバイヤート』完訳に挑む勇気と気力がふつふつと湧いてきた。加へて、もしかするとこの本が国書刊行会を定年退職する前の最後の仕事になるかもしれないといふ礒崎さんの言葉が頭から離れなくなつた。ここで発奮しなければ拙訳によるトゥーサン訳『ルバイヤート』は夢だけで消えてしまひかねない。何とか礒崎さんが国書にゐるうちに最後まで訳さなくては。そんな思ひに駆られて『ルバイヤート』翻訳に傾注した私が百七十首を訳し終へたのは二〇二三年の六月だつた。

礒崎さんは気弱な私の背中をずつと押し続けて下さつた。訳しながら私はつねに礒崎さんの励ましの声を耳にしてゐたやうな気がする。挿絵の選択と配置に心を砕いて下さつたのも礒崎さんである。

その意味からして、本書はともに『ルバイヤート』を愛してやまない礒崎さんとの共同作業から生まれた二つ目の果実と言ふべきだらうか。二つ目の、と言ふには理由がある。

二〇〇三年か二〇〇四年のことだつたと思ふ。礒崎さんから連絡があつて、入手困難になつてゐる三種の矢野峰人訳『ルバイヤート』を一本に纏めて出したいのだが解説を書かないかといふお誘ひを頂いた。矢野峰人訳『ルバイヤート』については本文中でも触れた比較文学のレポートで採り上げた際、大学図書館で借りて筆写したのみならず、当時まだ東洋大学の講壇に立つていらした矢野先生の授業に何度か「モグリ」で馳せ参じ、先生にお願ひして特別に『ルバイヤート』に関するご講義をして頂いたこともある。あまたある『ルバイヤート』訳の中でも特別な存在、それが矢野先生の『ルバイヤート』だつた。名訳であることは言はずもがな、三冊とも古書店では場合によつては六桁にも達する高値で売られ、入手するにはそれなりの財力と思ひ切りが必要だつたし、いや、それ以前に、市場に出回ることがきはめて尠い稀覯本でもあつたから、礒崎さんの提案は読者としても大歓迎、ましてや解説執筆とは、その時の私の気持ちを正直に記せば、文筆に関はる一生分の運を使ひ切るのではないかとすら思つたくらゐである。

矢野峰人訳『ルバイヤート集成』は、南條竹則「ルバイヤートと矢野峰人」と高遠弘美「幸福なる少数者のために」といふ二つの解説とともに、間村俊一さんの美しい造本で、二〇〇五年一月二十三日に刊行され、江湖の読書人から温かく迎へられた。

振り返れば、礒崎さんとは随分長いおつき合ひになる。幸ひ本になつたものもあれば、私の力不足のために企画段階で終はつたものもある。それらすべての提案のうちに、私はつねに礒崎さんの私に対する友誼の念を感じてゐた。

種村季弘、澁澤龍彥、吉田健一、西條八十、泉鏡花、久生十蘭、日影丈吉、須永朝彥、成瀬駒男、池内紀、マルセル・シュオッブ、ピエール・マッコルラン、『珍説愚説辞典』……そして『ルバイヤート』。かかる固有名詞の世界をめぐつて酒杯を重ねた至福の時間が今蘇つてくる。さうした友情の究極の証しとしての今回の『ルバイヤート』の翻訳刊行を前に、私は何度でも繰り返したい。

礒崎さん、本当にありがたうと。

国書刊行会の皆さま、私を支へ続けてくださつたすべての方々に衷心より御礼を申し上げて筆を擱くことにしよう。

二〇二三年秋

高遠弘美

Burguet, avec France Dhélia dans le rôle de la sultane Daoulah, 1918（無声映画『恋するスルタンの愛妾』）

Tristan et Iseut（en collaboration avec Jean-Louis Bouquet）, film muet réalisé par Maurice Mariaud, 1920（無声映画『トリスタンとイゾルデ』）

Inch'Allah, film muet coréalisé par Franz Toussaint et Marco de Gastyne, tourné au Maroc en 1922（無声映画『インシャラー』）

［その他］

La Prophétie, 2 actes, Paris, Théâtre de l'Œuvre, 8 octobre 1904 — Pièce de théâtre（二幕劇『占ひ』）

Gina Laura, Calmann-Lévy, Paris, 1912 — réédition: *La Petite fille à l'accordéon. Roman*, A. Michel, Paris, 1936（小説『アコーディオンを弾く少女』）

Moi, le mort, Albin Michel, Paris, 1930 — Roman d'aventures coloniales adapté au cinéma par le réalisateur Marc Didier en 1933（映画化された植民地冒険小説『死と隣りあはせ』）

Zorka, A. Michel, Paris, 1931 — Roman exotique（異国風小説『ゾルカ』）

Sentiments distingués, Robert Laffont, Paris, 1945 — Autobiographie rédigée sous forme de nouvelles（『敬具（小説の形で書かれた自伝）』）

« Une histoire étonnante », dans *Les œuvres libres*, Nouvelle Série, n° 11（237）, Librairie Arthème Fayard, Paris, 1946, p. 189-220 — Nouvelle orientale（『驚異譚』）

Napoléon Ier: écrits philosophiques et politiques（préface du prince Napoléon）, Delmas, Bordeaux, 1947（『ナポレオン一世による哲学的政治的文章集成』）

Giraudoux et Giraudoux, Audin, Lyon, 1948 — Recueil de souvenirs（『ジロドゥー、そしてまたジロドゥー』）

Lénine inconnu, Éditions universelles, Paris, 1952（『知られざるレーニン』）

Jaurès intime, Privat, Toulouse, 1952（『私生活におけるジョレス』）

Les Sept étendards, Kharma, Paris, 1926（『七本の旗』）

Le Râmâyana. Traduit du sanscrit, G. Briffaut, Paris, 1927（『ラーマーヤナ』）

L'Amour fardé. Traduit du sanscrit, Paris, 1927 — D'après l'*Amarushataka*, recueil de poèmes lyriques indiens（vers le VIIe siècle）Mise en musique par Armande de Polignac（『まやかしの恋』）

Le Voyage du Khalife, conte des « Mille et un Jours », Jules Tallandier, Paris, 1927（『カリフの旅行譚』）

Saâdi: Le Jardin des roses et des fruits. Traduit du persan, avec une préface de la Comtesse de Noailles et orné de compositions dessinées et gravées par André Deslignères, C. Aveline, Paris, 1927（サーディー『薔薇園・果樹園』）

Grains de poivre. Illustrations de Janine Aghion, A. Delpeuch, Paris, 1927（『胡椒の粒』）

Jamais, conte du vieil Islam, Éditions de la Nouvelle revue critique, Paris, 1927（『イスラム古譚』）

Les Colombes des minarets, anthologie islamique, Éditions du Monde moderne, Paris, 1928（『イスラム文学作品集』）

Le Livre d'amour de la Perse, La Cité des livres, Paris, 1929（『ペルシアの愛の本』）

Le Livre de l'éternité, La Cité des livres, Paris, 1929（『永遠の本』）

Chants d'amour et de guerre de l'Islam, ouvrage enrichi de douze compositions en couleurs par Antoine de Roux, Robert Laffont, Marseille, 1942（『イスラム恋愛・戦争文学作品集』）

La Légende de Tristan et Iseut, Henri Piazza, Paris, 1942（『トリスタンとイゾルデの伝説』）

Le Philosophe débauché, Nagel, Paris, 1946（『ふしだらな哲学者』）

Le Koran, Henri Piazza, Paris, 1949（『コーラン』）

Le Lys brisé, Henri Piazza, Paris, 1952（『折れた百合』）

［シナリオ］

La Sultane de l'amour, film muet réalisé par René Le Somptier et Charles

フランツ・トゥーサン著作目録

トゥーサンの著作は以下の通り。日本語はタイトルその他に絞つて附ける。筆者が所蔵するのは★をつけた四冊に過ぎない。

[翻訳・翻案・模作]

Saadi: Gulistan ou Le Jardin des roses, Paris, Arthème Fayard, 1904, 1913, 1920（サーディー『薔薇園』）★

Le Jardin des caresses. Traduit de l'arabe, Paris, Henri Piazza, 1911 — Poèmes en prose（コーラン『愛撫の園』）★

Saadi: Le Jardin des fruits. Traduit du persan, Mercure de France, Paris, 1913（サーディー『果樹園』）

Le Tapis de jasmins. Traduit du persan, Ferreyrol, Paris, 1918 — Recueil de contes érotiques（艶笑譚『ジャスミンの絨毯』）

Le Cantique des cantiques, Éditions de la Sirène, Paris, 1919（旧約聖書『雅歌』）

La Flûte de jade, traduit du chinois, L'Édition d'Art Henri Piazza, Paris, 1920 — Rééditions: *La Flûte de jade, traduit du chinois*, L'Édition d'Art Henri Piazza, Paris, 1922, 1926, 1933, 1942, 1947, 1957, 1958; mise en musique par Armande de Polignac（『玉笛（翡翠の笛）』）★

Sakountalâ, d'après l'œuvre indienne de Kalidasa, Édition d'art Henri Piazza, Paris, 1922（『シャクンタラー』）

La Sultane Daoulah. Illustrations de A.-H. Thomas, Mornay, Paris, 1923 — réédition: *La Sultane de l'amour*, A. Delpeuch, Paris, 1927（『恋するスルタンの愛妾』）

Robaiyat de Omar Khayyam. Traduits du persan, L'édition d'art Henri Piazza, Paris, 1924（ハイヤーム『ルバイヤート』）★

Les Pins chantent, quatre nô. Ornements de J. Vergély, R. Kieffer, Paris, 1925 — réédition: *La Princesse de la lune, quatre nô japonais*, Jules Tallandier, Paris, 1929（『日本能楽集』）

Le Printemps meurtri. Illustrations de Dušan Jahkovič, Éditions du Monde moderne, Paris, 1926（『傷ついた春』）

訳者略歴

高遠弘美（たかとお・ひろみ）1952年生まれ。明治大学名誉教授。フランス文学者。早稲田大学大学院文学研究科博士課程修了。著書に、『乳いろの花の庭から』（ふらんす堂）、『論文集・プルースト研究　言葉の森のなかへ』（駿河台出版社）、『七世竹本住大夫　限りなき藝の道』（講談社）、『物語　パリの歴史』（講談社現代新書）他。編著に、『欧米の隅々　市河晴子紀行文集』（素粒社）他。訳書に、ロミ『完全版　突飛なるものの歴史』（平凡社）『悪食大全』（作品社）『乳房の神話学』（角川ソフィア文庫）、ロミ＆フェクサス『おなら大全』『でぶ大全』（共に作品社）、フェクサス『うんち大全』（作品社）、カリエール＆ベシュテル『珍説愚説辞典』（国書刊行会）、ノゲーズ『人生を完全にダメにするための11のレッスン』（青土社）、ラティ『お風呂の歴史』（白水社）、レアージュ『完訳　Oの物語』（学習研究社）、プルースト『消え去ったアルベルチーヌ』（光文社古典新訳文庫）、ピション『プルーストへの扉』（白水社）他。現在、プルースト『失われた時を求めて』を翻訳中（全14冊。光文社古典新訳文庫）。

トゥーサン版　ルバイヤート

二〇二四年二月一五日初版第一刷印刷
二〇二四年二月二一日初版第一刷発行

訳　者　高遠弘美
発行者　佐藤今朝夫
発行所　株式会社国書刊行会
東京都板橋区志村一―一三―一五
電話〇三（五九七〇）七四二一
https://www.kokusho.co.jp
印　刷　創栄図書印刷株式会社
製　本　株式会社ブックアート
装　丁　山田英春
ISBN 978-4-336-07597-0